Navid Kermani

Große Liebe

– Roman –

Carl Hanser Verlag

1 2 3 4 5 18 17 16 15 14

ISBN 978-3-446-24474-0

Satz: Greiner & Reichel, Köln
Druck und Bindung: CPI – Ebner & Spiegel, Ulm
Printed in Germany

FSC
www.fsc.org
MIX
Papier aus verantwortungsvollen Quellen
FSC® C006701

Große Liebe

– 1 –

Ein König reist durchs Land, in seinem Gefolge Minister, Generäle, Soldaten, Beamte, Diener und die Damen seines Harems. Am Wegrand sieht er einen alten, zerlumpten Mann kauern, einen Narren vielleicht. »Na, du würdest wohl auch gern ich sein«, ruft der König spöttisch von seinem Elefanten herab. »Nein«, antwortet der Alte, »ich möchte nicht ich sein.«

– 2 –

Das erste Mal hat er mit fünfzehn geliebt und seither nie wieder so groß. Sie war die Schönste auf dem Schulhof, stand in der Raucherecke oft nur zwei oder drei Schritte entfernt, ohne ihn zu beachten. Weil den Schülern der unteren Klassen verboten war, sich zu den Rauchern zu stellen, geschweige denn selbst eine Zigarette anzuzünden, verhielt er sich so unauffällig wie möglich, verhielt sich zwischen den breiteren Rücken wie ein blinder Passagier still. Den Kopf hob er nur an, um kurz nach den Lehrern, noch kürzer nach ihr zu schielen, die unnahbar für ihn stets den Mittelpunkt ihres Grüppchens zu bilden schien. Sowenig Hoffnung er sich machte, ihre Gunst je selbst zu erlangen, brachte ihn die Sorge dennoch um den Verstand, sie könne einem der Abiturienten, die sie umringten, mehr als nur wohlwollen. Zur Beruhigung redete er sich ein, daß sie ihre offenbar ansteckende Heiterkeit und ihre zweifellos erlesenen Worte gerecht mal diesem, mal jenem zudachte. Im Blick behielt der Junge dabei stets die Finger der Abiturienten, ob sie nicht heimlich die Hände der Schönsten berührten, ihren Rücken, gar ihren Po. Zugleich erwartete er bang, daß jemand sich umdrehte, um zu fragen, was er in der Raucherecke suchte. Mehrfach hatten ihn die Lehrer bereits vertrieben, deren ärgerlicher oder auch nur erstaunter Blick genügte, damit er sich verzog. Die Peinlichkeit ersparte er sich lieber, vor den Augen der Schönsten aus dem Pulk gezogen und zu den Gleichaltrigen verwiesen zu werden. Peinlich war dem Jungen seine Lage schon genug, da er sich einbildete, daß alle Raucher ihn beäugten, in jeder Sekunde ihn, obwohl sie ihm doch – aber hier setzte der logische Schluß aus – ihre Rücken zuwandten.

– 3 –

Weshalb denke ich seit vorgestern an den Fünfzehnjährigen, nein, weshalb schrieb ich gestern über ihn, denn gedacht habe ich seiner oft, vielleicht sogar täglich, seit ich vor dreißig Jahren der Junge war, der die Pausen in der Raucherecke verbrachte, obwohl er weder rauchte noch einen der älteren Schüler kannte, verzagt, sehnsüchtig und mit einem Herzen, das so laut schlug, daß er an manchen Tagen erschrocken seine rechte Hand auf die Brust legte? Als ich vorgestern bei dem persischen Dichter Attar die Anekdote von dem Alten las, der nicht ich sein möchte, überfiel mich der Gedanke, daß eben darin, in dem Wunsch, sich loszuwerden, meine erste, niemals größere Liebe gegründet sei. Später nämlich, später, wenn man sich gefunden zu haben meint, will man sich doch oder wollte jedenfalls ich mich behalten, bestand ich auf mir und erst recht in der Liebe. Der Leser wird einwenden, ein unbedarfter Junge sei nicht mit einem heiligen Narren zu vergleichen, der Ichverlust, den er als Pubertierender womöglich anstrebe – einmal beiseite gelassen, daß man die Pubertät gewöhnlich gerade im Gegenteil als eine Ichsuche beschreibt –, der Ichverlust grundsätzlich anderen Gehalts als auf dem mystischen Weg, gänzlich banal. In der Hoffnung habe ich gestern zu schreiben begonnen, daß ich den Leser widerlege.

– 4 –

Der Leser darf sich den Jungen nicht eigentlich befangen, verwirrt, schwachmütig vorstellen. In seiner eigenen Klasse bewegte er sich mit breiter Brust, galt manchen Mitschülern als überheblich, den Lehrern als aufmüpfig, das Wort der Eltern mißachtete er oft. Auch war er nicht ganz ohne Erfahrung, zog mit seinen langen dunklen Locken durchaus die Blicke auf sich. Mit gleichaltrigen Mädchen war er schon mehrmals »gegangen«, wie es noch hieß. Daß er mit keiner geschlafen hatte, war für das Alter nicht ungewöhnlich, beunruhigte ihn jedenfalls kaum. Sosehr ihn das Geheimnis beschäftigte, das die Vereinigung zweier Körper ihm war, ahnte er zugleich dessen Bedeutung im Leben und hatte sich vorgenommen, auf eine Verbindung zu warten, die den Namen Liebe verdiente. An die Schönste des Schulhofs dachte er nicht. Als er die Pausen bereits in der Raucherecke verbrachte, dachte er nicht im Traum oder genau gesagt ausschließlich unter der Bettdecke daran, sie jemals zu küssen, sie nackt vor sich zu sehen. So viel Wirklichkeitssinn besaß er, um zu erkennen, daß die Schönste sich nicht für jemanden interessieren würde, der noch zu jung für die Raucherecke war. Der Leser darf eine plausible Erklärung erwarten, warum es den Jungen dennoch zwischen die breiteren Rücken zog, wo er sich tatsächlich so befangen, verwirrt und schwachmütig fühlen mußte, wie ich es auf der gestrigen Seite beschrieb. Seit vier Tagen versuche ich mir den Hergang zu erklären, meine Erinnerung ähnelt hier einem Film, aus dem ein Zensor die entscheidenden Szenen herausgeschnitten hat. Ich habe vor Augen, wie der Junge in einem langen Gang, der zwei Gebäude des Gymnasiums verband, auf die Schönste zulief, wie ihre Blicke sich trafen und sofort wieder trennten, sich ein zweites und drittes Mal begegneten; ich vergesse nie das Lächeln, das er auf ihren Lippen wahrzunehmen meinte, bevor sie aus dem Sichtfeld trat; ich erinnere mich vage der süßlichen Phantasien, denen er sich auf den restlichen Metern des Gangs und noch im Unterricht überließ, ohne länger als Sekunden an die Erfüllung zu glauben, er als ihr Geliebter, sie beide Hand in Hand, die erstaunten Blicke seiner Klassenkameraden. Danach steht er im Film, den der Zensor geschnitten hat, bereits zwischen den breiteren Rücken. Nur mutmaßen kann ich, wieviel Überwindung es ihn kostete, sich in die Raucherecke zu stellen und, mehr noch: jede Pause wiederzukehren, sofern keiner der strengen Lehrer Aufsicht führte, jede Pause die Blicke zu ertragen, die über die Schultern geworfen wurden, jede Pause dem getuschelten Spott zu trotzen, den er zu hören glaubte, zwei oder drei Schritte von der Schönsten entfernt, unter dem Schattendunkel ihres Haars – gut, sie war blond – ihr Gesichtchen eine Lampe oder war auch eine Fackel, umflattert von Rabengefieder, wie der

Dichter Nizami im 12. Jahrhundert über die sagenhafte Leila schrieb: »Wessen Herz hätte beim Anblick dieses Mädchens nicht Sehnsucht gefühlt? Aber Madschnun fühlte mehr! Er war ertrunken im Liebesmeer, noch ehe er wußte, daß es Liebe gibt. Er hatte sein Herz schon an Leila verschenkt, ehe er noch bedenken konnte, was er da weggab.«

– 5 –

Einmal kam Madschnun an Leilas Haus vorbei. Da er zum Himmel schaute, sagte man ihm: »Madschnun, schau nicht zum Himmel, sondern schau zur Mauer Leilas!« Er entgegnete: »Ich begnüge mich mit einem Stern, dessen Licht auf Leilas Haus fällt.«

– 6 –

Bevor ich mit der Liebe des Jungen fortfahre, muß ich auf den Gang zurückkommen, der zwei Gebäude des Gymnasiums verband. Mir ist nämlich klargeworden, daß er sich das Lächeln der Schönsten unmöglich nur einbildete, da er die winzige Lücke zwischen ihren Vorderzähnen bereits bei ihrer ersten Begegnung entdeckt, sie folglich – dreißig Jahre später gelingt der logische Schluß einwandfrei –, sie folglich im Vorübergehen ihren Mund geöffnet hatte. Wie konnte ich das vergessen! Die Zahnlücke sollte später noch so oft zum Thema werden, weil sie selbst beim Sprechen darauf zu achten schien, die Lippen nicht mehr als nötig zu bewegen, und erst recht sich zu lachen genierte. Wann immer er ihre Scham bemerkte, beschwor er wortreich die Vollkommenheit, die ihrem Gesicht ebender einzige Makel verliehe, der deshalb kein Makel wäre, sondern dem Muttermal der Geliebten in der persischen Poesie gliche. Zugleich neckte er sie, im liebevollsten Ton, suchte sie zum Lachen zu bringen, indem er beim Sprechen ihre beinah geschlossenen Lippen karikierte oder Witze erzählte, die er sich ihretwegen gemerkt, sie im Bett sanft an der Seite oder mit den Zehen an der Fußsohle kitzelte. Kamen endlich ihre Zähne strahlend zum Vorschein, eine Hand, eine Elle oder höchstens eine Armlänge von seinen Augen entfernt, strahlte er vor Glück jedesmal selbst, strahlte so kindlich begeistert und fast triumphal, daß sie ihn spätestens jetzt ohnehin angelacht hätte. Und wenn er sie küßte, ach – ich glaube noch die Wölbung zu fühlen, die ihre Zahnlücke auf seiner Zunge bildete. Er liebte das, mehr als alle Verzükkungen liebte er den Moment, in dem seine Zunge ihre Zähne entlangglitt und dann plötzlich, als sei's nicht erwartet gewesen, in den Spalt drang, dieser Moment, in dem die weiche, bewegliche Zunge den harten, glatten Schmelz an zwei Seiten spürte, und sei's nur ein paar Millimeter tief. Wie in einem Meer versank er darin, genau das meinte Nizami doch wohl. Allerdings bin ich mit ihrer Liebe jetzt schon zu weit fortgefahren.

– 7 –

Recht überlegt, kann der Fünfzehnjährige, der ich war, die Pausen nur einige Tage, kaum mehr als eine Woche stumm in der Raucherecke zugebracht haben. Es war die Aufregung, durch die jede Minute sich länger anfühlte, es ist das Gedächtnis, das die Zeit dehnt. Nie gab die Schönste ein Zeichen, sich an die Begegnung im Gang zu erinnern, der zwei Gebäude des Gymnasiums verband, mit keinem Blick bedeutete sie ihm, sie anreden zu dürfen. Die Lücke, die ihre Schönheit vervollkommnete, bekam er schon gar nicht zu sehen. Recht überlegt, muß sie den Jungen erkannt haben, der von einem auf den anderen Tag in der Raucherecke stand, obwohl er weder rauchte noch je in ein Gespräch verwickelt war, sich wahrscheinlich also unerlaubt unter die Älteren mischte. Alle anderen Abiturienten fragten sich vermutlich nur, wer dieser Junge sei; sie hingegen wird bereits geahnt haben, daß er ihretwegen aufgetaucht war. Der Junge selbst glaubte naiv, von ihr nicht beachtet, nicht einmal bemerkt zu werden, und war folglich enttäuscht, daß allein er sich an ihre Begegnung erinnerte. Dabei konnte er nicht ernsthaft auf ihre Bekanntschaft, schon gar nicht auf eine Verbindung gehofft haben, die den Namen Liebe verdiente. Was ihn jede Pause zwischen die breiteren Rücken zog, war nur das Verlangen, sie aus den Augenwinkeln zu betrachten, bestenfalls noch die Aussicht auf einen weiteren Blick, ein weiteres Lächeln. Vermessen wäre es, schon von Verliebtheit zu sprechen, mag auch Liebe in der persischen Dichtung zwingend mit der ersten Begegnung einsetzen. Recht überlegt, war es anfangs kaum mehr als ein Kitzel, den er suchte, Mutprobe und Abenteuerlust. Später, als sie ihn schon verlassen hatte, reichte sie den Vorwurf nach, er habe sie nicht wirklich geliebt, und fügte seiner Trostlosigkeit so die Empörung noch hinzu.

– 8 –

Das ist überhaupt die Frage, die mich bedrängt, mehr bedrängen sollte jedenfalls als der Beweis mystischen Hintersinns: Ist das Gefühl des Fünfzehnjährigen, so herrlich und furchtbar es auf den folgenden Seiten explodieren wird, ist es überhaupt Liebe zu nennen, gar die größte Liebe seines Lebens, wie ich bis vorgestern überzeugt war? Jetzt muß ich doch schon den Brief erwähnen, den er vor dreißig Jahren in einer Kiste abgelegt, ohne je ihn wieder hervorzuholen. Er liegt immer noch dort, nur daß die Kiste durch einen Umzugskarton und erst letztens durch eine Holztruhe ausgetauscht wurde, liegt immer noch an seinem Platz unter allen Briefen, die er seither empfing (ich achtete beide Male darauf, die Umschläge nicht auszuschütten, sondern mit beiden Händen von unten zu greifen, damit ihre Chronologie ungefähr blieb). Soweit ich mich erinnere – vielleicht dramatisiert das Gedächtnis hier wieder –, ist der Brief eine zornige Abrechnung. Das Scheitern ihrer Liebe – wobei es in seinem Fall ja keine Liebe gewesen sei – schrieb sie allein ihm zu; er habe die Blume zertreten, er habe sich als der Kostbarkeit unwürdig erwiesen, er habe fürs Leben so viel noch zu lernen – ungefähr in der Art muß ihr Brief geklungen haben, in dem ich heute vermutlich Spuren ihrer Lieblingslektüren entdeckte. Damals verstand er kein Wort. Sie war es doch gewesen, die ihn von sich gewiesen und in der Raucherecke die anderen Abiturienten um sich postiert hatte, damit er sie gar nicht erst anzusprechen wagte, die sich am Telefon verleugnen ließ. Sie war es, die sich von einem auf den anderen Tag kalt, ohne Erbarmen, mitleidlos verhielt. Wie ein lästig gewordenes Tier hatte sie ihn vor die Tür gesetzt, so fühlte es sich für ihn an, wie einen Hund noch mit Steinen beworfen, damit er sich aus ihrer Gasse verzog (auch er hatte Lieblingslektüren). Und als er dann fortblieb – aber nur, weil er krank lag, die Schule versäumte wochenlang –, traf auch noch ihr Brief ein, eine Antwort vermutlich auf Flehschreiben, an die ich allerdings keine Erinnerung mehr habe, und erklärte ihn zum Schuldigen. Ich könnte den Brief hervorholen, die Truhe steht vom Schreibtisch nur drei oder höchstens vier Schritte entfernt im Flur. Den Umschlag habe ich noch vor Augen, gelblich oder gelb geschmückt, das weiß ich nicht, darauf mit braunem Filzstift eine weibliche Schrift, die auf den Jungen überaus erwachsen wirkte. Lieber warte ich mit der Abrechnung, bis ich von der großen Liebe erzählt.

– 9 –

»Ich selbst spüre die außerordentliche Feinheit, die man in der Liebe finden kann«, bekannte der Andalusier Ibn Arabi im 13. Jahrhundert, der bis heute als der größte aller Meister, *asch-schaych al-akbar*, verehrt wird. »Du empfindest starkes Verlangen, eine durchdringende Leidenschaft, die Liebe als überwältigende Macht, eine völlige Auszehrung, und du wirst daran gehindert, zu schlafen oder deine Nahrung zu genießen. Du weißt weder, in wem, noch, durch wen das geschieht. Dein Geliebter [deine Geliebte] zeigt sich dir nicht auf deutliche Art. Dies ist die köstlichste Gnade, die ich ähnlich einem Geschmack auf der Zunge als unmittelbaren Sinneseindruck erlebe.«

– 10 –

Das Gymnasium lag an einem Flüßchen, das kaum mehr bemerkt durch die Stadt rann, weiter abwärts gar unsichtbar, da von der Hauptstraße überbaut, und die Raucherecke war genau genommen keine Ecke, sondern einfach der Platz vor und hinter einer Maueröffnung, durch die man zum Ufer gehen konnte. In seiner späteren Not sollte der Junge noch oft an dem Ufer sitzen, das kein idyllischer Ort war, nur ein kurzes Stück unbefestigter Erde zwischen dem Lager einer Spedition und dem Kundenparkplatz eines Baumarkts; zu der Zeit jedoch, als er die Pausen erstmals stumm in der Raucherecke verbrachte, hatte er noch gar nicht gewußt, daß sich hinter der Schule das Flüßchen verbarg. Von seinem Platz zwischen den breiteren Rücken sah er nur die Bäume und Sträucher hinter der ziegelsteinernen Mauer, manchmal einen der älteren Schüler, der im Gebüsch verschwand oder wieder auftauchte. Als die Schönste des Schulhofs einmal nicht in der Raucherecke erschien, nutzte er die Gelegenheit, zu erkunden wohin man durch die Öffnung gelangte. Ich könnte ihm jetzt die Ahnung andichten, dort die Schönste zu finden; in Wirklichkeit hatte er sie für eine Minute gänzlich vergessen, trat durch die Öffnung, beobachtete weitere Grüppchen von rauchenden Schülern, die hier nicht mehr dicht an dicht standen, folgte einem Trampelpfad, der zwischen den Bäumen und Sträuchern entlangführte, und erreichte nach zwanzig, dreißig Schritten den schmalen Uferstreifen, der an manchen Stellen mit Gras bewachsen war. Da entdeckte er sie, einige Meter flußabwärts, fast schon am Zaun der Spedition, sah sie halb von hinten, halb seitlich, auf ihren blonden Haaren die Sonne, die zu der Jahreszeit noch nicht wärmte, jedoch ihrem Kopf mindestens in der Einbildung des Jungen so etwas wie einen Heiligenschein verlieh, sah sie auf einem Stein sitzen, ihr Profil mit der kleinen Nase, die sich an der Spitze wie eine Sprungschanze leicht aufwärts bog, die violette Cordhose nach der Mode der damaligen Zeit, ihr heller Mantel über den Knien, unterm engen Pullover ihre Brüste zwei Hügel mit Türmchen auf den Gipfeln, zwischen schmalen Fingern eine Zigarette, die sie scheinbar gedankenverloren an den Mund führte. An den Mund! Ich bilde mir ein, daß in dieser Minute, bei diesem Anblick, der einer Vision nahekam, die Schönste des Schulhofs leuchtend auf dem Stein, vor ihr das poesielose Flüßchen mit der vierspurigen Straße am gegenüberliegenden Ufer, im Rücken eine Lagerfeuerstelle mit leeren Bierdosen und Wurstpackungen aus durchsichtigem Plastik, als Kulisse die parkenden Lastwagen der Spedition – ich bilde mir ein, daß hier die stille, nicht auf Erfüllung rechnende Sehnsucht in nie gekanntes, allenfalls in seinen Lektüren beschriebenes Verlangen umschlug. Ihr Mund! Wenn er sich nur wieder öffnete für ihn, einmal nur, zu einem Lächeln erst, aber dann für einen Kuß, ja, mindestens für einen Kuß, der Plan fortan: ihr einen Kuß zu entlocken, einen einzigen Kuß. Weiter zu denken, schon an die Verbindung zu denken, die den Namen Liebe verdiente, war er zu aufgeregt, zu versessen auf sein gleichsam sportliches Ziel. Den Verstand brachte er gerade noch auf, daß er sie besser nicht an Ort und Stelle anspräche, da er doch nur stammeln und zittern würde. Sie hatte ihn noch nicht bemerkt.

– II –

Er war die zwanzig, dreißig Schritte zurück in die Raucherecke noch nicht sämtlich gegangen, als ihm bereits die Aussichtslosigkeit und, schlimmer für einen Fünfzehnjährigen: Albernheit seines Plans dämmerte, ausgerechnet der Schönsten des Schulhofs einen Kuß zu entlocken, die schon Auto fuhr, bald Abitur machen, danach wahrscheinlich in einer größeren Stadt studieren oder sofort ins Jenseits der Berufswelt umsiedeln würde. Nicht einmal ihren Namen hatte er in Erfahrung gebracht und wähnte sich schon als Eroberer. Zurück zwischen den breiteren Rücken, fühlte er sich noch befangener als üblich, verwirrter, schwachmütiger. Und wenn sie doch einen Freund hatte? Bestimmt hatte sie einen Freund außerhalb des Gymnasiums – einen älteren Freund, der einer Arbeit nachging oder einem Studium –, daß sie den Mitschülern ihre offenbar ansteckende Heiterkeit und ihre zweifellos erlesenen Worte gerecht zudenken konnte. Bestimmt hatte sie schon viele Freunde gehabt. So erregt er sich vorhin, keine drei Minuten war's her, am Flüßchen ausgemalt hatte, ihren Mund, ihre Brüste, ihren Leib von Kopf bis Fuß zu berühren, so konkret quälte ihn plötzlich die Vorstellung, daß einem anderen vergönnt war, worauf er niemals die Aussicht besaß. Bis jetzt war es eher ein Spiel gewesen, eine Schrulle, ein Abenteuer. *Er* war, dachte er verächtlich über sich selbst, nicht mehr als ein Kind, das den Kopf ans Schaufenster eines teuren Geschäftes drückt. Den Blick gesenkt, fühlte er wieder die Augen der älteren Schüler auf sich gerichtet. Schon ihre Schuhe! Die Schüler der Oberstufe trugen schwarzglänzende Schuhe, die vorn spitz zuliefen wie in den Musikvideos jener Zeit, andere hatten Stiefel aus hellem Wildleder an, Clogs oder trotz der kühlen Temperatur Sandalen mit orthopädisch ausgewuchtetem Fußbett. Er selbst gab sich noch zufrieden mit Turnschuhen, die seine Mutter ihm kaufte. Dreißig Jahre später mag man die Bedrängnis des Fünfzehnjährigen genauso belächeln wie eine kuriose Mode, an die nur noch Photos im Familienalbum erinnern. Von dem Flüßchen zurückgekehrt, an dem er die Schönste des Schulhofs erstmals länger betrachtet, meinte er eben in den Schuhen, ich will nicht sagen: den Ausweis, aber doch ein Symbol, ein augenfälliges Merkmal des Menschheitsteils zu erkennen, dem er nicht angehörte. Diesmal trottete er schon vor der Pausenglocke in seine Klasse zurück.

– 12 –

Weil Leilas Eltern sich weigerten, Madschnun in die Nähe ihrer Zelte zu lassen, borgte er sich von einem Schäfer ein Schaffell und bat, sich unter die Herde mischen zu dürfen. Als sie an Leilas Zelt vorbeikamen, sah Madschnun sie und verlor das Bewußtsein. Der Schäfer trug ihn von den Zelten fort und schüttete ihm Wasser ins Gesicht, um seine brennende Liebe abzukühlen. Seit diesem Tag wanderte Madschnun nur mit einem Schaffell bekleidet durch die Wüste. Jemand fragte ihn, warum er keine Kleider trage. »Dem Schaffell verdanke ich es, daß ich einen Blick auf Leila werfen durfte«, antwortete Madschnun: »Kein Gewand auf Erden könnte kostbarer sein.«

– 13 –

Die Brücke hinter sich sprengte der Junge nach der Doppelstunde Mathematik, die auf die erste der beiden großen Pausen folgte. Von seinem Platz in der letzten Reihe zum Fenster hinausschauend, hatte er den Unterricht wohl gehört, aber wie man Geschnatter in einer fremden Sprache oder Verkehrsrauschen hört. Einmal hatte ihn der Lehrer angeredet, ihm offenbar eine Frage gestellt, da hatte der Junge nur einen entsetzten Blick zustande gebracht, den Mund weit geöffnet, die Lippen erstarrt. Der Lehrer hatte wohl etwas Spöttisches gesagt, der eine oder andere Mitschüler aufgelacht. In der kleinen Pause zwischen den beiden Mathematikstunden hatte der Junge die Frage seines Sitznachbarn bejaht, ob alles okay sei. Das Bild der Schönsten hatte ihm vor Augen gestanden, wie sie unten am Fluß gesessen, hinter ihr die Lastwagen, am gegenüberliegenden Ufer die vierspurige Straße: die Ausdehnung. Dann sah er sich in seiner ganz kindlichen, nun seltsam bewußt gewordenen, grell erlebten Befangenheit, seiner Verwirrung, seinem Schwachmut zwischen den großen Rücken stehen: die Einschnürung. *Qabḍ wa-basṭ*, »Einschnürung und Ausdehnung«, nennen die Sufis die beiden Grundzustände, in deren dialektischer Folge sich die mystische, wenn nicht alle Erfahrung vollzieht, bei Hegel ja auch die Geschichte. Ibn Arabi erkannte in *qabḍ wa-*

basṭ ausdrücklich ein Vorgefühl, das die Seele von den Dingen habe, bevor diese in den Bereich der äußeren Sinne träten. Damit seien Einschnürung und Ausdehnung auch die Vorboten jedweder Liebe, noch bevor diese sich tatsächlich ereigne. Und Ibn Arabi ging noch weiter, indem er die Heftigkeit, Kompromißlosigkeit und Kopflosigkeit der jugendlichen Verliebtheit – ausdrücklich nur diese! – als vergleichbar, als verwandt, als nicht nur den Symptomen nach übereinstimmend mit dem »Ertrinken« (*istighrāq*) des Mystikers in der alles überflutenden Liebe des Göttlichen bezeichnete. Als die Glocke die Klasse lossprach, sprang der Junge auf und marschierte, noch während der Lehrer seinen angefangenen Satz zu Ende brachte, aus der Klasse. Wie ein Süchtiger, der rückfällig wird, meinte er sich vollständig im klaren darüber zu sein, daß er, wenn er noch einmal die Stellung zwischen den breiteren Rücken bezöge, seine Pausen so lange in der Raucherecke verbrächte, bis sein Verlangen erwidert würde. Zugleich war er wohlgemerkt ohne Hoffnung. Er war also im Begriff, eine Handlung zu tun, deren Zweck sich nach Maßgabe seines Verstandes nicht erfüllen würde. Man könnte religiös gedeutet auch sagen, daß er im Begriff war, närrisch zu werden.

– 14 –

Es gehört zum Mythos, den mein Gedächtnis um die große Liebe rankt, daß die Schönste des Schulhofs den Jungen in ebenjener Pause ansprach, die auf die Doppelstunde Mathematik folgte. Gewiß gibt es Erklärungen, von denen ich indes nie etwas wissen wollte: Er war früher als sonst in der Raucherecke eingetroffen, wo sie mit einer Zigarette zwischen den schmalen Fingern stand, ohne bereits von den Abiturienten umringt zu sein; es hatten sich überhaupt noch keine Grüppchen gebildet, kein Rücken trennte die beiden; sie hätten schon wegschauen müssen, damit ihre Blicke sich nicht trafen. Bedenkt man, daß sie sich im Gang, der zwei Gebäude des Gymnasiums verband, bereits begegnet, sich gar zugelächelt hatten, kamen sie, ich will nicht sagen: zwangsläufig, aber doch natürlicherweise ins Gespräch, zumal die Schönste, wie sie später gleichsam zur eigenen Rechtfertigung betonte, ihn keineswegs für so jung hielt, daß er nicht bereits in der Raucherecke stehen durfte. Um Gründe zu nennen, warum sie ihn ansprach, könnte man zudem an die vorangegangene Pause erinnern, die sie einsam am Fluß verbracht, von da über ein Bedürfnis nach Mitteilung oder Ablenkung spekulieren. Genausogut könnte man ihre ansteckende Heiterkeit anführen, die sie ihm nur deshalb zudachte, weil er so kläglich guckte. Das Gedächtnis registriert diese äußeren Umstände, ohne ihnen einen Sinn zu gönnen. Lieber erklärt es sich ihre Ansprache als ein Wunder, das seine Liebe schuf. Daß die ersten Worte, die sie miteinander wechselten, ganz gewöhnlich oder sogar völlig belanglos waren, steigert das Geheimnisvolle noch. Wir haben uns doch neulich gesehen, sagte sie. Klar haben wir uns gesehen, antwortete er mit überraschend fester Stimme und fuhr im selben Atemzug fort, vom Wetter zu sprechen, ausgerechnet vom Wetter, nur damit sie ihn nicht nach seiner Jahrgangsstufe fragte oder ihm eine Zigarette anbot. Noch während er seine Bemerkung über den Frühling machte, der in ihrer Stadt wie jedes Jahr auf sich warten ließ, ärgerte er sich, daß ihm nichts Originelleres eingefallen war. Ach, sie freue sich auch schon riesig auf die Wärme, schien sie auf das Thema gern einzugehen, auf die Farben, das erste Eis. Er informierte sie noch über die Wetterprognose, die immerhin günstig ausfiel. Sie meinte, das sei gut zu wissen, als schon die Abiturienten anrollten. »Und wer hätte gedacht, daß eine solche Fülle von Süßigkeit aus einem so kleinen Mund strömen könnte?«, wie der Dichter Nizami im 12. Jahrhundert über die sagenhafte Leila schrieb: »Kann man denn mit Zucker Heere brechen?«

– 15 –

Am nächsten Tag lief er in beiden Pausen als erster in die Raucherecke ein, ebenso am darauffolgenden und am dritten Tag (ich merke, er muß die Pausen doch länger als eine Woche zwischen den breiteren Rücken zugebracht haben, eine weitere Woche vielleicht). Daß die Schönste des Schulhofs nicht wieder so früh erschien – daß sie ihm nicht die Gelegenheit zu einem weiteren Gespräch bot, womöglich sogar absichtlich verspätet eintraf oder, bestürzender noch: ihm gegenüber keinerlei, auch keine abgünstige Neigung verspürte, ihn vielmehr einfach nicht beachtete, womöglich nicht einmal bemerkte, traf ihn schwerer als jeder zornige Blick, jede abwimmelnde Geste, jedes Wort, mit dem sie ein für alle Mal klargestellt hätte: Mach dir keine Hoffnung! Denn seit ihrer zweiten Begegnung hatte er mit allem gerechnet, hatte alle Verlaufsmöglichkeiten ihrer Bekanntschaft bis hin zur Verbindung durchgespielt, die den Namen Liebe verdiente; nur eines hatte er nicht einkalkuliert: ihre Gleichgültigkeit. Weiß Gott wieviel Sätze er sich innerlich zurechtlegte und wieder verwarf, um an sie heranzutreten. Nicht mehr herrschte er über seinen Blick, der zu ihr ging, unaufhörlich zu ihr, statt auf den Boden oder mal zu den Lehrern. Jedenfalls kommt es mir dreißig Jahre später vor, als habe er im Geiste Madschnuns, der, nach der Gebetsrichtung befragt, zur Antwort gab: »Wenn du ein unwissender Erdenkloß bist: der Stein der Kaaba, wenn du ein Liebender bist: Gott; wenn du jedoch Madschnun bist: dann richtest du dich im Gebet nach Leila« – als habe der Junge auf dem Schulhof unaufhörlich die Schönste angestarrt. Wenn ich mir dann allerdings die Situation vorstelle, kann sein Blick doch nicht so penetrant gewesen sein, sonst hätte sie oder hätten andere Abiturienten ihn gewiß zur Rede gestellt oder ausgelacht oder sich einen Platz hinter der Mauer gesucht, wo die Raucher ebenfalls standen. Einwandfrei kann sein Verstand andererseits auch nicht funktioniert haben, da ihm tatsächlich die Peinlichkeit widerfuhr, vor den Augen der Schönsten aus dem Pulk gezogen und zu den Gleichaltrigen verwiesen zu werden, nachdem er einen Lehrer übersehen hatte, der auch noch zu den strengen gehörte. Aber bemerkte sie seine Deklassierung überhaupt? Es geschah alles so schnell, meiner Erinnerung nach in Sekunden, der Zuruf des Lehrers, der ihn aus nächster Nähe mit der Frage überraschte, was er in der Raucherecke zu suchen habe, die Geistesgegenwart des Fünfzehnjährigen, die sich wenigstens für den Moment wieder einstellte, seine gemurmelte Entschuldigung und sein Davonstieben, ohne aufzuschauen, der bodenlose Kummer, in den er sich hinter der Ecke des nächsten Gebäudes willig stürzte. Nein, wahrscheinlich hat sie nichts gemerkt, erkenne ich, aber leider erst dreißig Jahre danach. Dabei litt er doch gerade darunter, von ihr nicht beachtet zu werden, und hätte folgern können, daß sie seinem leisen Wortwechsel mit dem Lehrer, der nicht mehr als vier Sätze gedauert haben kann, eine Minute höchstens, keine Aufmerksamkeit schenkte. Wie gesagt, mit den logischen Schlüssen hat es ein Liebender nicht so.

– 16 –

Angenommen, ich hätte nie ein Photo besessen, auf dem ich fünfzehnjährig zu sehen bin, und bekäme durch Zufall eines zu Gesicht – wahrscheinlich würde ich mich nicht einmal erkennen. Mit dem Kind, das ich war, verbindet mich vieles noch, bilde ich mir ein; wie es sich in der Gruppe verhält, wie bei einem Spiel, wie in der Freundschaft und so weiter, selbst der Blick und die Körperhaltung auf Klassen- und Mannschaftsphotos, das Denken und die Meinungen über die Welt, die ich bis in einzelne Formulierungen im Ohr habe, nein, mehr noch: die bei allen Anpassungen meine eigenen geblieben sind. Später dann, als ich allmählich erwachsen wurde, sagen wir: seit die Schulordnung mir das Rauchen erlaubte, um das Nächstliegende zu nehmen, bildete ich mich nach und zu dem Menschen aus, der ich zu sein glaube. Ich sehe den Abiturienten vor mir und zögere nicht zu sagen: ich, den Studenten und den Studierten, den Ehemann und den Geschiedenen, den Sohn und in diesen Wochen so häufig den Vater, und wüßte gar nichts anderes zu sagen als: ich. Allein der Junge, der zu Beginn der großen Pausen in die Raucherecke rennt, um nur keine Gunsterweisung der Schönsten zu versäumen, dieser unwissende, leidenschaftliche, auch exaltierte, wegen eines bloßen Anblicks verzückte und wenig später am Leben verzweifelnde, sogar lebensmüde und wegen seines absurden Benehmens, das mehr seinen Lektüren als der Strategie einer Eroberung folgte, ja wirklich schon närrisch zu nennende Verliebte – wer soll das sein? Daß ich mich nie zuvor benommen hatte wie er, erklärt sich mit dem Alter. Aber auch seither ähnelte ich ihm nie wieder. Ich habe geliebt, wahrscheinlich tiefer, jedenfalls über einen sehr viel längeren Zeitraum hinweg geliebt, ich habe auch heftiger gekämpft, mehr verloren als er und mindestens körperlich die Verzückung umfassender erlebt. Ich war durchaus nicht immer der Teilnahmslose, für den ich mich in Gefühlsdingen heute halte. Dennoch erkenne ich mich in dem Jungen nicht wieder, ist er nicht ich und die Verfremdung durch die dritte Person mehr als bloß ein literarischer Trick. Es wird einen Grund geben, warum Ibn Arabi ausdrücklich nur die frühe Verliebtheit als vergleichbar, als verwandt, als nicht nur den Symptomen nach übereinstimmend mit dem »Ertrinken« des Mystikers bezeichnete. Vielleicht sind wir gerade dort wir, wo wir es am wenigsten zu sein meinen.

– 17 –

Wenn überhaupt ist dem Jungen unter den vier Hauptbezeichnungen der Liebe, die Ibn Arabi anführt (mannigfaltig die untergeordneten Namen, die das Arabische dem Andalusier für die Liebe bot), die »jähe Liebesleidenschaft oder plötzliche Neigung zur Liebe« zuzusprechen, *hawā*, genau gesagt die erste von mehreren Bedeutungen, die Ibn Arabi allein diesem Begriff zuordnet. Diese erste Bedeutung der einen von vier Hauptbezeichnungen der Liebe bringt das zum Ausdruck, »was auf das Herz einstürzt oder jäh in ihm auftaucht und von der noch nicht manifest gewordenen Wirklichkeit der [oder des] Geliebten herrührt, die das Herz des [oder der] Liebenden allein wegen ihrer äußeren Erscheinung durchdringt«. Es ist also diejenige Leidenschaft, die der Vereinigung mit der Geliebten vorausgeht, der Beginn der Verliebtheit, der gewöhnlich eine von drei Ursachen habe, nämlich den Blick (*naẓar*), das Hören (*samāʿ*) oder die Gunsterweisung, allgemeiner gesprochen: das rechte Handeln (*iḥsān*). Und Ibn Arabi ist Realist genug zu wissen, daß in den meisten Fällen der Anblick der Auslöser ist, während die Liebesleidenschaft, die vom Gehör hervorgerufen wird, selbst in seiner auditiv übersensiblen Kultur selten auftrat und aller Regel nach enttäuschend verlief; nur selten halte eine Gestalt, was der Liebreiz ihrer Stimme verspreche. Am schwächsten indes sei diejenige Liebe ausgebildet, die sich dem Gunsterweis, also dem rechten Handeln oder noch allgemeiner: den charakterlichen Vorzügen des oder der Geliebten verdankt. Ibn Arabi weist darauf hin, daß *hawā* sich von der Wurzel h-w-y ableitet, wörtlich »Verschwinden« oder »Herabfallen«, als Zeitwort etwa in Sure 53,1: »Beim Stern, wenn er herabfällt.« *Hawā* als zugehöriges Hauptwort zeigt schon der lexikalischen Bedeutung nach das »Leiden an der Liebe« an (dabei hat die Liebe noch gar nicht richtig begonnen!). Aus derselben Wurzel stammt noch das Hauptwort *huwīy*: »Hineinfallen«, fügt Ibn Arabi hinzu.

– 18 –

Ihren Namen erfuhr er – ich wünscht, ich könnte Abenteuerlicheres berichten, den Diebstahl ihres Schulhefts, eine riskante Beschattung oder dergleichen –, indem er den Deutschlehrer fragte, der auch Abiturienten unterrichtete. Er behauptete während der kleinen Pause einfach, daß sie ihn beim Trampen mitgenommen und, weil es schon dunkel gewesen sei, bis vor die Haustür gefahren habe; da wolle er ihr zum Dank einen kurzen Brief und etwas Schokolade hinterlegen: so groß wie er, die blonden Haare halblang, braune Augen, Stupsnase, die Hose oft lila und eine winzige, fast nicht zu erkennende Lücke zwischen den beiden vorderen Zähnen. Aber versprich ihr auch, daß du nicht mehr im Dunkeln trampen wirst, mahnte der Lehrer, der die Schönste des Schulhofs sofort als seine eigene Schülerin identifiziert hatte. Da saß nun der Junge in der zweiten Deutschstunde mit ihrem Namen, der ihn leicht enttäuschte, und wußte nicht, wozu die Entdekkung gut war, konnte ja schlecht einen Brief schreiben, denn was hätte er ihr schon mitteilen können, außer daß er sie liebe, aber mit welcher realistischen Erwartung?, daß er sie wiedersehen möchte, aber mit welcher vernünftigen Begründung?, daß sie wunderschön sei, aber mit welchem plausiblen Anspruch?, und fürchtete zugleich, daß der Deutschlehrer sie in der nächsten

Stunde des Leistungskurses ansprechen, den Brief ankündigen, ihre Fürsorge als vorbildlich loben würde. Tausend scheußliche Gedanken stoben während der zweiten Deutschstunde durch seinen Kopf, tausend Situationen malte er sich aus, eine beschämender als die andere. Er mußte etwas tun, das war klar. Wenn er schon keinen Brief schreiben konnte, mußte er von ihrem Namen dennoch Gebrauch machen, um sich der Entdeckung als würdig zu erweisen. Aber dringlicher, viel dringlicher noch: Er mußte sich schleunigst eine Erklärung einfallen lassen, damit sie ihm den Schwindel nicht übelnahm. Ibn Arabi, das sei an dieser Stelle noch erwähnt, Ibn Arabi führt die Unordnung, die den Geist des Liebenden erfaßt, konkret auf dessen notwendige wie beständige Unsicherheit zurück, welches Mittel geeigneter sei, in die Nähe der Geliebten zu gelangen. Unter den Zeichen der Verwirrung führt Ibn Arabi die Annahme auf, daß die Geliebte allen anderen Menschen, denen sie begegne, ebenfalls vollkommen erscheinen und jeder in ihr das finden müsse, was der Geliebte gefunden hat.

– 19 –

Einem Dieb wird zur Strafe die Hand abgehauen. Er hebt sogleich die abgehauene Hand mit der anderen Hand auf und nimmt sie mit sich fort. Als er einmal gefragt wird, wozu er die abgehauene Hand mit sich trage, antwortet er: »Auf ihr hatte ich den Namen meiner Geliebten tätowiert.«

– 20 –

Nichts Abwegigeres als die großen Umwälzungen jener Jahre, die nicht zuletzt von der Revolution im Land seiner Lieblingslektüren ausgelöst worden waren, halfen dem Jungen aus der Klemme. In Westdeutschland war es die Zeit der Massenproteste gegen die atomare Aufrüstung, mehrfach hatten Hunderttausende zumeist junge Leute im Hofgarten der damaligen Hauptstadt gegen den sogenannten Doppelbeschluß des Nordatlantikpakts demonstriert. Durch das Land seiner Lieblingslektüren früh politisiert, hatte sich der Junge einer der Friedensinitiativen angeschlossen, von denen es auch in kleineren Städten viele gab. Da die Demonstrationen die Regierung nicht zum Einlenken gebracht hatten, sollte als nächstes die Zufahrt zum Verteidigungsministerium blockiert werden. An den Anlaß kann ich mich nicht mehr erinnern, vielleicht stand ein Gipfeltreffen des Nordatlantikpakts an, vielleicht ein wichtiger Beschluß im Parlament, vielleicht sollten mehrere oder alle Ministerien gleichzeitig blockiert werden; sicher weiß ich nur, daß die Friedensbewegung ihrer Stadt in Gänze dem Verteidigungsministerium zugeteilt war, aber Gott weiß es besser, wie Ibn Arabi hinzugefügt hätte. Am gleichen Tag – wieder einer der Zufälle, die der Junge bestritt, um seine Liebe für eine Fügung halten zu können –, am gleichen Tag, an dem er morgens den Namen der Schönsten in Erfahrung brachte, trafen sich abends die Blockierer der verschiedenen Initiativen in der Evangelischen Studentengemeinde, um die Fahrt in die Hauptstadt zu besprechen und die Verhaltensregeln durchzugehen. Mit Blick auf Madschnun und andere Liebende könnte man meinen, der Junge habe in seiner Verfassung keinen Sinn mehr für die großen Umwälzungen der Zeit gehabt und sich jammernd und klagend in eine Ecke geworfen, wann immer er nicht gerade in der Raucherecke stand; allein, so war das natürlich nicht, so ist es ja nie, oder wenn, dann meist nur für einige Stunden. Am Unterricht, der auf die Doppelstunde Deutsch folgte, nahm er bereits leidlich Anteil, und die Erwägung, seiner Liebesnot wegen nicht das Verteidigungsministerium zu blockieren, stellte sich gar nicht erst ein. Wahrscheinlich war seine Not nicht oder noch nicht so groß und projiziert die Erinnerung nur den späteren Jammer, der dem Vergleich mit Madschnun oder anderen Liebenden der Literatur eher standhielte, auf die Anfänge der Geschichte, damit sie wie andere Liebesliteratur verläuft. Aber Gott erzählt auch die besseren Geschichten, wie Ibn Arabi an dieser Stelle bemerkt hätte, und der Junge ging abends zur Versammlung der verschiedenen Friedensinitiativen, wo er – ach, der Leser wird längst wissen, wem er im Vorraum der Versammlung begegnete. Hallo, Jutta, sprach er sie an, ohne nachgedacht zu haben. Hallo, erwiderte sie und war neugierig zu erfahren, woher er ihren Namen kannte.

– 21 –

Was ich heute nicht mehr an mir finde, ist die Keckheit, um nicht zu sagen: Traute, die dem Jungen zu eigen war, nicht nur im Verlauf unserer Geschichte, ähnlich in vielen Situationen, die mit der Liebe gar nichts zu tun haben. Ich meine nicht den Mut im allgemeinen – daß er sich zum Beispiel, um wieder das Nächstliegende zu nehmen, als Fünfzehnjähriger auf eine immerhin verbotene Blockade des Verteidigungsministeriums vorbereitete, ohne die Eltern auch nur in Kenntnis zu setzen. Im Sinne einer Gefahr für das eigene Wohlergehen habe ich, werden die meisten Leser weit mehr gewagt haben. Ich meine eine Chuzpe, just in den entscheidenden, für den weiteren Verlauf einer Angelegenheit oder Beziehung wegweisenden Situationen ohne viel Federlesens genau das zu sagen oder zu tun, was das Herz gerade flüstert, je nach Erfordernis die Befähigung zu entwaffnender Ehrlichkeit oder tolldreister Lüge, zu entschlossener Übertreibung oder rückhaltloser Direktheit – und damit durchzukommen! Ja, so einen Beschleunigungsschalter im Verkehr mit anderen Menschen, genau das meine ich, so einen Turbolader, um es einmal nicht mit Ibn Arabi zu sagen, und ich meine außerdem, daß neben anderen Aspekten, die ich vielleicht übersehe oder mir nicht erklären kann, gerade auch hierin, im Abweichen von der Norm gewöhnlichen Fortkommens, das bei einem Fünfzehnjährigen aber gerade nicht von der Souveränität herrührt wie bei einem routinierten Herzensbrecher, sondern von der größtmöglichen Unerfahrenheit und Unsicherheit – ich meine, daß gerade in seiner schon wieder artistischen Einfalt ein Grund für die Bezauberung liegt, die ihm bei der Schönsten des Schulhofs doch gelungen sein muß, damit sie sich ausgerechnet für ihn interessierte. Schließlich wird sie, die schon Auto fuhr und bald Abitur machen würde, ein solches Ungestüm bei keinem der Gleichaltrigen oder gar der älteren Jungen erlebt haben, die studierten oder schon das Jenseits der Berufswelt bewohnten. Sie besaß solches Ungestüm wahrscheinlich nicht einmal mehr selbst, sondern erinnerte sich höchstens daran. Ich habe deinen Deutschlehrer gefragt, erklärte der Junge, woher er ihren Namen kannte. Warum das? fragte sie, aber deutete bereits ihr Lächeln an. Weil es auf dem Schulhof niemand Schöneren als dich gibt, brachte er sie dazu, ihre Zahnlücke zu zeigen.

– 22 –

Mann o Mann, schüttele ich heute den Kopf, da ich abwechselnd die Szene in der Eingangshalle der Evangelischen Studentengemeinde und meinen eigenen Sohn vor Augen hatte, der bald ebenfalls fünfzehn sein wird. Es ist ja nicht nur das Alter. Nach der Mode der damaligen Zeit, der sich der Junge seit ein paar Tagen noch konsequenter verschrieb, trug er über der blauweiß gestreiften Latzhose drei Pullover aus Baumwolle, grün, lila und ocker gescheckt, von denen der längste zuunterst und der kürzeste zwingend zuoberst lag, dazu die Locken so voluminös wie bei Jimi Hendrix und die Nickelbrille knopfklein nach dem Modell von John Lennon. Lediglich sein Flaum wies, obwohl er ihn jeden Morgen aufbürstete, noch keine Ähnlichkeit mit dem Bart von Karl Marx auf. Der Clou hingegen waren die nagelneuen Birkenstock-Pantoffeln, plattfußbreite Latschen mit orthopädisch ausgewuchtetem Fußbett, die ihn zwei Monate Taschengeld gekostet hatten. In früheren Zeiten hat man Vogelscheuchen so drapiert, begreife ich im Rückblick die Pein meiner Eltern, ohne die Mode plausibler zu finden, der sich mein eigener Sohn unterwirft (Gott o Gott, die Unterhosen, die zwingend aus der heruntergezogenen Hose quellen). Und diese Vogelscheuche von einem Galan, dieser unerfahrene, von Welt und Eros unbeleckte, hanswurstartig vorpreschende Autodidakt von einem Casanova und Hüpfer von einem Kerl zieht also wahrhaftig ein Mädchen, eine beinah erwachsene Frau, in den Tagungsraum der Evangelischen Studentengemeinde, die – ich schwör's! – auf allen Schulhöfen der Welt die Schönste gewesen wäre.

– 23 –

»Der Schönheit Auge sieht die Schönheit nicht, da es die Vollkommenheit der eigenen Schönheit nur im Spiegel der Liebe eines [einer] Liebenden zu betrachten vermag«, lehrte im 12. Jahrhundert der Perser Ahmad Ghazali, jüngerer Bruder des berühmten Mohammad Ghazali. »Aus diesem Grund bedarf die Schönheit zweifellos des Liebenden, damit der [die] Geliebte im Spiegel von dessen sehnsüchtiger Liebe von der eigenen Schönheit zehren kann.« An dieser Stelle könnte man auf das Gotteswort verweisen, das Ahmad Ghazali in seinen konzentrierten Gedanken nicht zitiert, weil er es als bekannt voraussetzt: »Ich war ein verborgener Schatz und wollte erkannt werden. Deshalb schuf ich die Welt.« Liebender und Geliebter sind bei Ahmad Ghazali strenger, auch härter und sogar grausamer geschieden als bei anderen Mystikern; ebenso unterscheidet sich die Natur ihrer Liebe. Die Liebe des Liebenden existiere nämlich tatsächlich, während die Liebe des Geliebten nur der Widerschein jener Liebesglut sei, die sich in ihm spiegle. Gerade weil Liebender und Geliebter nicht gleich sind, weil sie sich nicht entsprechen, bis hin zur Feindschaft, zum gegenseitigen Schaden im Widerspruch stehen, des Liebenden Liebe »Hilflosigkeit und Not, Zweifel, Schmach und vollständige Unterwerfung« erfordert, des Geliebten Liebe hingegen

»Tyrannei, Majestät und Hochmut« mit sich bringt, erleben sie ihre Vereinigung als das überwältigende Ereignis, das ihren Horizont, ihre Vorstellungskraft, ihr Selbstbild, ja ihr Selbst als solches sprengt. Und dann fügt Ahmad Ghazali noch hinzu, daß er selbst nicht wisse, »welcher der Liebende ist, welcher der Geliebte, denn es geschieht, daß jener beginnt, dieser zu Ende führt oder dieser beginnt … und darin liegt ein großes Geheimnis«.

– 24 –

Natürlich war noch nichts gewonnen, lediglich eine Bekanntschaft eingeleitet, als der Junge Seit an Seit mit der Schönsten in den Tagungsraum der Evangelischen Studentengemeinde einzog. Auf die Frage, in welcher Jahrgangsstufe er sei, war ihm keine andere als die richtige Antwort eingefallen, nur daß er die Unterhaltung danach ohne Überleitung auf den gemeinsamen Deutschlehrer gebracht hatte, damit sie sich nicht auch noch nach seinem Status in der Raucherecke erkundigte. Wenigstens sprach sie mit ihm nicht wie mit einem Kind und schien es für selbstverständlich zu halten, daß sie sich zwei Plätze nebeneinander suchten. Sie hat sich also mit niemand anderem verabredet, machte er sich Mut. Dann gelang ihm während der Versammlung eine Bemerkung, die von allen Blockierern ernst genommen und mehrere Minuten oder länger diskutiert wurde, ein flammendes Plädoyer für die Gewaltfreiheit und warum auch auf Provokationen hin unbedingt an ihr festzuhalten wäre – und ja, er spürte, er glaubte im Augenwinkel sogar zu sehen, daß sie ihn zustimmend, vielleicht sogar anerkennend anblickte. Tatsächlich warf sie ihm ein Lächeln zu, als er meinte lang genug gewartet zu haben und den Kopf endlich zu ihr hin drehte. Jeder Mensch vollbringt in seinem Leben Großtaten, die niemand würdigt, die überhaupt kaum jemandem auffallen, die von außen betrachtet auch gar nicht bemerkenswert sind und auf den Lauf der Welt nicht den geringsten Einfluß haben, es sind sozusagen Taten zwischen Mensch und Gott. Die – ja, es war wirklich eine kleine Rede, selbst einzelne Formulierungen wie ›tut den Bullen nicht den Gefallen‹ sind mir plötzlich wieder gegenwärtig und daß Gewalt jetzt echt kontraproduktiv sei, wo doch die Solidarisierung mit der Friedensbewegung innerhalb des Herrschaftsapparates unheimlich toll wachse – die Rede, die der Junge auf der Versammlung der verschiedenen Friedensinitiativen hielt, war eine solche Tat, einmal streng auf ihn bezogen nichts Geringeres als eine heroische Leistung. Ich kann mir bestenfalls die Courage, aber nicht das rhetorische Feuer, ebensowenig den politischen Sachverstand erklären, dank deren ein Fünfzehnjähriger vor einer Gruppe von mindestens vierzig, fünfzig fast durchweg erwachsenen Aktivisten zu bestehen vermochte. Sooft er im Leben öffentlich noch sprechen sollte, hat er nie mehr eine Rede gehalten, bei der er sich nach seinem eigenen, und sei's drum: ausschließlich nach seinem eigenen Empfinden so deutlich übertraf. Allerdings hatte er auch nie wieder einen so wichtigen Grund. So war es wohl auch Verausgabung, die ihn davor bewahrte, nach der Versammlung die Schönste zu fragen, ob sie mit ihm ein Bier trinken gehe. So früh in ihrer Bekanntschaft hätte sie gewiß abgelehnt. Real hingegen schien die Aussicht, auf der Fahrt in die Hauptstadt neben ihr zu sitzen. Immerhin hatte sie angeboten, ihn mit dem Auto nach Hause zu bringen. Ich bin mit dem Fahrrad da, antwortete er mit größtmöglicher Beiläufigkeit und war noch am nächsten Morgen stolz, sich beherrscht zu haben: Bis zur Blockade des Verteidigungsministeriums würde er die Pausen nicht mehr in der Raucherecke verbringen. Endlich verfolgte der Eroberer eine Strategie.

– 25 –

Eine dreiviertel Stunde vor Abfahrt, es war halb vier Uhr morgens und regnete, setzte seine Mutter, die einen Schulausflug wähnte, ihn hinter der Mehrzweckhalle ihrer Stadt ab. Bist du der erste? wunderte sich die Mutter, daß der Parkplatz menschenleer war. Die Klasse trifft sich vor der Halle, erklärte der Junge und behauptete; es sei wegen der Einbahnstraßen einfacher, wenn er um das Gebäude herumginge, als wenn die Mutter ihn dorthin führe (*Google Maps* bestätigt meinen Verdacht, daß es rund um die Mehrzweckhalle meiner Geburtsstadt keinerlei Einbahnstraßen gibt). Nach und nach fanden sich die übrigen Blockierer ein, der Bus fuhr vor, es wurde erst fünf, dann fünfzehn Minuten auf diejenigen gewartet, die sich wie üblich verspäteten. Und sie kam nicht, sie kam einfach nicht. Zwanzig Minuten nach der vereinbarten Abfahrtszeit beschwor er den Leiter, Organisator, Koordinator oder sonst einen Wichtigtuer der verschiedenen Friedensinitiativen, einen dikken, bärtigen Mann im Alter seines Vaters, Residuum der vorletzten Protestbewegung wahrscheinlich, der in der einen Hand seinen Regenschirm, in der anderen seine Zettel hielt, brüllte diesen Wichtigtuer beinah an, sie müßten unbedingt noch auf die Nachzügler warten – aber es ist nur noch eine einzige Nachzüglerin, wandte der Wichtigtuer ein –, die Jutta habe sich so gut auf die

Aktion vorbereitet – aber wenn sie nun einmal nicht da ist – und überhaupt sei diese Spießermentalität hier nicht auszuhalten – aber wir müssen nun einmal rechtzeitig vor Dienstbeginn am Ministerium sein, sonst ist die Blockade sinnlos. Wenn es schon Handys gegeben hätte, hätte er ihr eine SMS schicken, hätte sie anrufen, aus dem Schlaf wecken, ihr ein Taxi vor die Haustür schicken können – aber so, was konnte der Junge noch tun, die vereinbarte Abfahrtszeit schon fast eine halbe Stunde verstrichen? Ach, ihr könnt mich mal mit euren Sekundärtugenden, ließ der Junge den Wichtigtuer unter seinem Regenschirm stehen und stieg klitschnaß in den Bus (gerade zu der Zeit hatte ein Vertreter des Herrschaftsapparates, der mit der Friedensbewegung sympathisierte, einen Skandal mit der Bemerkung hervorgerufen, daß Pünktlichkeit, Disziplin und Ordnung Sekundärtugenden seien, mit denen man auch ein Konzentrationslager betreiben könne).

– 26 –

Am sechsundzwanzigsten Tag – richtig, ich schreibe meine Geschichte täglich nur eine Seite fort, um dem Gedächtnis Gelegenheit zu geben, sich zu sortieren, ob ich auch selbst festlege, den berühmtesten Dichtern folgend, wie lang eine Seite ist – heute also versuche ich, ihre Anschrift, Telefonnummer oder Mail-Adresse herauszufinden. Nicht nur, daß sie außer mit dem Vor-, auch mit dem Nachnamen ein wenig enttäuschte, sie könnte geheiratet und, Gleichberechtigung hin oder her, die Gelegenheit genutzt haben, nicht mehr wie alle Welt zu heißen. Nun doch ihren Brief aus der Truhe hervorzuholen, um den Absender zu lesen, wäre nutzlos, da sie in einer Wohngemeinschaft lebte, die aus dem unabweislichen Grunde nicht mehr existieren kann, daß sie mitsamt der gesamten Häuserzeile ebenjener Stadtautobahn gewichen ist, gegen die sie noch gemeinsam demonstriert. Ach, die Demonstration gegen die Stadtautobahn – was für ein Fehlschlag und für die Erinnerung dennoch ein Fest! Seit ihrem Abitur, genau gesagt dem Tag des Abi-Streichs, an dem er sie auf der offenen Ladefläche eines Lastwagens vorbeifahren sah, ist sie ihm nie mehr begegnet, vergeblich seine Anrufe, vergeblich seine Briefe, vergeblich seine Besuche, die ich leider nicht verdrängt habe, ein ganzer Nachmittag auf dem Bürgersteig unter ihrem Fenster. Als sie ihn einige Zeit später mit besagten Vorwürfen überschüttete, schrieb er zurück, aber wagte nicht mehr anzurufen und sparte sich schließlich den zweiten Brief. In den Kneipen hielt er noch Ausschau nach ihr, da hatte er längst von ihrer Mitbewohnerin erfahren, daß sie in die Großstadt gezogen war, nein, die Nummer dürfe die Mitbewohnerin leider nicht herausgeben. Hatten sie denn überhaupt keine gemeinsamen Bekannten, die ich ausfindig machen könnte? Immerhin weiß ich, wie das Dorf hieß, aus dem sie stammte, nur ein paar Berge hinter unserer Stadt. Vielleicht leben ihre Eltern weiterhin dort, hoffe ich und schlage rasch im elektronischen Telefonbuch nach. Schau an! In Verbindung mit dem Dorf weist der Allerweltsname einen, nein, sogar drei Einträge auf, die Vornamen alle männlich und schon in meiner Generation selten geworden, ihr mindestens siebzigjähriger Vater und dessen Brüder oder Vettern, vermute ich, eher nicht ihre eigenen Brüder. Es muß eine ganze Sippe gewesen sein, vor der sie in die Wohngemeinschaft floh. Was sollte ich denn sagen, wenn ich jetzt dort anriefe, wie mich vorstellen, wie mich erklären? Und wozu? Erst recht fürchtete ich, daß sich ihre Eltern an den Jungen erinnern, den sie bei einer Gelegenheit selbst kennengelernt.

– 27 –

Daß sich der Zustand so unmittelbar physisch als Herzrasen, mit nervös auf die Armlehne klopfenden Fingern und zusammengebissenen Zähnen äußert, hatte er nicht in Rechnung gezogen, als er noch auf eine Verbindung gewartet, die den Namen Liebe verdiente. Erst später las er in den Büchern, daß die Liebe nicht nur »die Vernunft mit sich reißt und geistige Besessenheit« hervorruft, wie Ibn Arabi warnt, sondern eben auch »Auszehrung« bedeutet, »das hartnäckige Kreisen der Gedanken, die Unruhe, die Schlaflosigkeit, das brennende Verlangen, das Feuer der Leidenschaft und die durchwachten Nächte«. Und das ist nicht einmal alles: »Sogar noch, was eine Verhaltensstörung hervorruft, ist Liebe, was einen alle Möglichkeiten verspielen, was einen die Fassung verlieren und kindisch werden läßt.« Selbstverständlich bezog der Junge ihr Fernbleiben auf sich, ausschließlich auf sich, erwog also gar nicht erst die Möglichkeit, daß die Schönste erkrankt war oder verschlafen hatte, daß ihr schlicht der Mut abhanden gekommen sein konnte, ein Ministerium zu blockieren. Nicht einmal für die Länge einer Busfahrt war sie bereit, sich noch einmal neben ihn zu setzen. Nicht einmal der Kampf gegen die atomare Aufrüstung war ihr wichtig genug, um seinen Anblick zu ertragen. Nicht einmal die Umwälzungen der Zeit waren groß genug, um sein Elend geringfügig erscheinen zu lassen. Als seien es Hieroglyphen, glitten die Autobahnschilder an seinen Augen vorbei, als seien sie in einer fremden Sprache, hörte er die Ansagen, die der Wichtigtuer ins Mikrophon des Reisebusses rief. In der Hauptstadt eingetroffen, stieg der Junge gleich einem Verurteilten aus und ließ sich von den anderen wie zu seiner Hinrichtung treiben. Wirkten die anderen Blockierer ungeachtet ihres Alters aufgedreht wie Pfadfinder bei einem Abenteuer, hätte er auf die Frage nach seinem Befinden mit dem liebeskranken Madschnun antworten können, daß er ein alter Lastesel sei, von der Traglast zerschunden: »Mein Leib ist mager und kraftlos, und doch muß ich täglich schwere Lasten schleppen. Und wenn man mir zum Ausruhen den Packsattel abnimmt, fallen die Bremsen über mich her und stechen in die offenen Wunden, so daß ich rufe: Oh, hätte man mir doch keine Erholung gegönnt!« An die eigentliche Blockade habe ich keine Erinnerung, auch nicht, wie lang sie dauerte. Ich weiß nur noch, wie er in Wut geriet, weil ihn zwei behelmte, durch ihre Schutzwesten riesenhaft anmutende Polizisten unter den Achseln griffen, um ihn wegzutragen. Als ginge es um Leben und Tod oder als sei er, um im Bild zu bleiben, der Esel, der nicht mehr geschlagen werden will, schrie er wie am Spieß, schlug mit Armen und Beinen um sich, machte sich, da die beiden Polizisten seine Hände zu fassen bekommen hatten, mit aller Kraft starr wie ein Brett und schüttelte urplötzlich seinen Körper wild hin und her, da zwei weitere Polizisten herbeigeeilt waren und ihn an den Füßen packten. Im Ergebnis war er der einziger Blokkierer seiner Stadt, der nicht etwa auf der Grünfläche neben der Auffahrt des Ministeriums abgesetzt, sondern trotz des rührenden Beistands des Wichtigtuers, der die Polizisten anflehte, sie sollten ihn verhaften statt eines unschuldigen Kindes, schnurstracks in die grüne Minna getragen wurde. Zum wirklichen Desaster aber geriet der Protest gegen die atomare Aufrüstung, als ihn sein Vater abends aus dem Polizeirevier der Hauptstadt abholte. Immerhin scheinen die Bilder des randalierenden Blockierers, die zur selben Zeit in den Hauptnachrichten gezeigt wurden – auf *youtube* kann man die Szene bis heute finden, man muß nur *Hardthöhe* eingeben, *1983* und *Blockade* –, keine erkennbare Wirkung auf die Solidarisierung mit der Friedensbewegung innerhalb des Herrschaftsapparates gehabt zu haben. Die atomare Aufrüstung wurde allerdings auch nicht verhindert.

– 28 –

»In Wahrheit ist die Liebe nur ein Übel«, erkannte Ahmad Ghazali, der ebenfalls Realist war: »Vertraulichkeit und Ruhe sind ihr fremd, sind ausgeliehen, denn in Wahrheit ist in der Liebe alle Trennung Zweiheit und nur im kurzen Augenblick der Paarung Einheit. Der Rest ist Phantasie, hat mit Vereinigung nichts zu tun.«

– 29 –

Der Leser, wenn er mir schon neunundzwanzig Tage gefolgt, wird endlich erfahren wollen, wie der Junge das schönste Herz gewann, das in Westdeutschland für den Frieden schlug. Zugleich wird er zugeben, daß es des Melodramatischen zuviel gewesen wäre, wenn sie sich zum ersten Mal auf einer politischen Demonstration, während einer Schlacht mit Polizisten oder gar in einem Gefängnishof geküßt hätten. In Wirklichkeit ist ja immer alles viel gewöhnlicher und obendrein umständlicher, als ein Fünfzehnjähriger sich ausmalt, weshalb der Leser vielleicht noch bis morgen auf den Kuß warten muß (ich habe einen Plan erstellt, der für jede Station der Liebe zehn Seiten vorsieht, zehn für die Begegnung, zehn fürs Kennenlernen, zehn für die erste Berührung, damit selbst eine so große Liebe in hundert Tagen erzählt wird; bis zur vierzigsten Seite würde ich von der Vereinigung erzählen und bis zur fünfzigsten von dem Zustand, den die Mystiker das »Bleiben im Entwerden« nennen, so daß für die Verzweiflung wenigstens noch die Hälfte der Geschichte bleibt). Nach der Rückfahrt mit dem Vater folgte das nächste Donnerwetter am Morgen, als ihn der Rektor gleich zu Beginn der ersten Stunde in sein Büro zitierte. Nicht nur die Teilnahme an einer illegalen Blockade – was gewaltfrei bedeutet, mein Junge, darüber reden wir ein anderes

Mal! schien der Rektor kurz davor zu stehen, seinerseits handgreiflich zu werden –, nicht nur der Widerstand gegen die Staatsgewalt – alle Welt hat's in der Tagesschau gesehen! faßte der Rektor sich an die Stirn –, nicht nur der Jammer seiner Eltern – daß du die Unverfrorenheit besessen hast, dich von deiner Mutter auch noch zum Treffpunkt kutschieren zu lassen! schüttelte der Rektor den Kopf –, nein, der Junge hatte natürlich außerdem die Schule geschwänzt. Zumindest dieses Vergehen werde ihn teuer zu stehen kommen, kündigte der Rektor an, der weder auf die Strenge der Justiz noch die Erziehungspflicht der Eltern zählte. Was das konkret bedeute, fragte der Junge kleinlaut. Das wird die Klassenkonferenz beschließen! wies der Rektor ihn aus dem Büro. Der Leser wird sich vorstellen können, mit welchen Gefühlen der Junge zurück in die Klasse schlich, wie elend ihm während der verbliebenen Doppelstunde zumute war. Dabei schien ihm die Drohung des Rektors noch am harmlosesten zu sein. Auch das Scherbengericht der verschiedenen Friedensinitiativen, das ihm spätestens nächste Woche bevorstand, bekümmerte ihn kaum, schon gar nicht der Jammer der Eltern. Was schwerer wog als die irdischen und himmlischen Strafen zusammen, was ihn im Klassenzimmer so niederdrückte wie tags zuvor auf dem Polizeirevier, war die Frage, warum die Schönste nicht mit in die Hauptstadt gefahren war. Aber alle Götter des Himmels und alle göttlichen Menschen der Erde vergaß er in der Raucherecke, da sie ihn zum zweiten Mal ansprach. Sie hatte gestern morgen tatsächlich verschlafen. Und gestern abend nicht die Nachrichten gesehen.

– 30 –

Zwar habe ich an die folgenden Tage, wenn es nicht sogar Wochen waren, kaum eine Erinnerung, dennoch darf ich sie nicht, der Willkür des Gedächtnisses gehorchend, einfach überspringen, mag auch der Kuß, zu dem ich spätestens heute gelangt sein wollte, eine Seite nach hinten rücken: Ich weiß noch, daß die Schönste des Schulhofs dem Jungen sehr beiläufig sagte, er könne, wenn er zufällig in der Nähe sei und Zeit habe, gern einmal in der Kneipe vorbeischauen, in der sie kellnerte, und er noch am selben Abend auf der Matte stand. Sie haben sich einige Male nachmittags getroffen, zum Eis einmal, weil sich das Wetter langsam besserte, sofern ich jetzt nicht eine spätere Szene fälschlich nach vorn verlege; er hat sie auch bis vor die Tür des Hauses begleitet, das ihre Wohngemeinschaft besetzt hielt, um die Stadtautobahn zu verhindern. Jedenfalls war es keineswegs so, daß sie sich genauso Knall und Fall verliebte wie er. Vier prägende Jahre älter, wird sie mit sich gerungen haben, die Gefühle eines Jungen zu erwidern, der noch zu jung für die Raucherecke war. Womöglich profitierte er von der allseits postulierten Verachtung der Sekundärtugenden, zu denen sie als Hausbesetzerin auch den Schutz Minderjähriger gezählt haben könnte. Er drängelte nicht, er war von einem auf den anderen Tag – nein, nicht ruhig, war beseelt und jetzt schon dankbar dem Himmel. Längst ahnte er, daß etwas Großes sich anbahnte, und wollte es nicht durch seine Ungeduld gefährden. Hätte er vorausgesehen, wie schnell das Große schon wieder vorbei sein würde, hätte er freilich nicht zugewartet. Das gehört ja ebenfalls zu den Seltsamkeiten, die das Gedächtnis erzeugt wie Bilder eines grob zensierten Films: Die Zeit zwischen der ersten Verabredung und dem ersten Kuß muß nach Tagen gerechnet, wenn ich es mir recht überlege, länger gewesen sein als ihre eigentliche Beziehung, und doch habe ich sie fast schon vergessen – sie scheint mir ganz kurz, während mir jede Minute ihrer Verzückung und ebenso des Jammers, der vorausging und der sich anschloß, wie ein eigener Roman vorkommt. Das ist nicht fair vom Gedächtnis, damit tut es uns nicht gut, die Zwischenzeiten so auszublenden, das Unaufdringliche und Zarte so geringzuschätzen. Das macht uns in der Gegenwart zu schaffen, an die wir uns später erinnern wollen.

– 31 –

Sie küßten nicht, sie wurden geküßt. So empfanden sie es beide und sprachen auch darüber. Mit beiden geschah etwas, in einem Augenblick dasselbe, darin sahen sie das Wunder, das man freilich in Fernsehfilmen ebenfalls sieht. Und doch müßt ich lügen, sollt ich anders es umschreiben, ob ich auch die Möglichkeit einräume, daß ihrer beider Eindruck vom Fernsehen mit erzeugt wurde. Aber ist es nicht ebenso umgekehrt? Was wir als trivial wahrnehmen, weil es industriell kopiert wird – reflektiert es nicht eine Grunderfahrung, die die meisten als Jugendliche gemacht? Und könnte, weiter gefragt, die Trivialität jener Fernsehfilme (und Romane, Blockbuster et cetera) nicht gerade dadurch entstehen, daß sie das Spezifische, aber auch Stereotype der jugendlichen Verliebtheit, um das Realisten wie Ibn Arabi sehr genau wußten, plump verallgemeinern und auf das erwachsene Erleben ausdehnen? Schließlich: Schwingt in dem Widerwillen oder der Faszination, die die immer gleichen Fernsehfilme (und Romane, Blockbuster et cetera) erzeugen, nicht die Ahnung mit, woher wir das Original kennen? Wenigstens war das Ufer, an dem sie von einem Luftholen zum nächsten sich verwandelt gegenüberstanden, kein idyllischer Ort, sondern ein kurzes Stück unbefestigter Erde zwischen dem Lager einer Spedition und dem Kundenparkplatz eines Baumarkts, und es war auch nicht Sonnenaufgang oder sternenklare Nacht, sondern nur die zweite von zwei großen Pausen, als ihre Augen einander fragten und ihre Lippen einander riefen – grauer Realismus als Kontrast ist allerdings gerade für Fernsehfilme typisch, fällt mir ein. Sei's drum, dafür dauerte der Kuß länger, als Regisseure, Autoren und Produzenten je veranschlagen, weil sie die Lücke nicht kennen, durch die seine Zunge drang, und sei's nur ein paar Millimeter tief. Und wenn sie es nicht bereits gewesen wäre, hätte sie sich spätestens verliebt, als er, wieder aufgetaucht, so kindlich begeistert und fast triumphal strahlte.

– 32 –

Wie gesagt ahne ich allenfalls, was der Schönsten an dem Jungen gefiel, und stützt sich schon gar die Behauptung, daß sein kindlich begeistertes und fast triumphales Glückslachen sie anrührte, auf kein Indiz, also keine Aussage von ihr, meine ich, keinen Blick, der sich mir eingeprägt hätte, keine Reaktion, die mir vor Augen stünde. Bestimmt sprach sie über die Gründe ihrer Zuneigung oder erwiderte einzelne seiner Komplimente, nur scheine ich diesen Aspekt ihrer Begegnung, so vorteilhaft ich ihn mir auslegen könnte, vollständig vergessen zu haben. Mehr noch, ich befürchte, daß er ihrem Erleben gerade nur so weit Beachtung schenkte, daß es seinem Begehren zupaß kam. Nur deshalb wollte er ihre Liebe, damit sich seine erfüllte. »Der Liebende stellt sich vor, daß seine Liebe an die Person der Geliebten geknüpft ist«, bemerkt Ibn Arabi einmal: »Doch dem ist nicht so, denn mit seinem Verhalten begehrt er lediglich, sie zu treffen oder sie wenigstens zu sehen. Liebte er die Person oder die Existenz des geliebten Wesens als solche, das heißt ihre Persönlichkeit, wie sie unabhängig von ihm ist und zur Glückseligkeit findet, dann wäre die Liebesregung für ihn ohne Nutzen.« Ich kann mich noch an die Überraschung erinnern, daß ihre Lippen sich gleichzeitig so weich und glatt anfühlten, als sei deren Oberfläche hauchdünn und die

Substanz flüssig. Selbst den Geschmack ihres Lippenbalsams würde ich noch dreißig Jahre später erkennen, und in Drogerien gehe ich nie an dem Regal mit Hautcremes vorbei, ohne nach der Marke Ausschau zu halten, die sie benutzte: Im Geiste rieche ich sie noch jetzt. Ich kann mich erinnern, wie sich mit den Lippen auch die Pullover aneinanderpreßten, die herrlichen Schockwellen, die ihre wirklich sehr festen Brüste in seinem Gehirn auslösten. Ich kann mich auch daran erinnern, daß er achtgab, mit seinem Hosenschlitz nicht an den ihren zu stoßen, weil sich der Stoff schlagartig ausgewölbt hatte. Ich könnte, wenn ich mich ein paar Minuten besänne, noch mindestens hundert andere, durchaus banale Eindrücke aufzählen, die in Fernsehfilmen (und Romanen, Blockbustern et cetera) niemals vorkommen und in ihrer seltenen Dichte die Verliebtheit als einen Zustand gerade ausmachen, der mir nicht erhabener als das gewöhnliche Dasein vorkommt, sondern konzentrierter, konzentrierter auf einen selbst. Bestenfalls kann ich vermuten, eher nur raten, welche Bilder kreuz und quer durch ihr Bewußtsein schossen, ob so viele wie durch seins. Im Gegenüber sieht der Verliebte nur seine eigenen Wünsche und Ängste. Daß sie ebensogut gelangweilt zur Seite hätte schauen können – gut, seine eigenen Augen waren nun einmal geschlossen. Aber sie hätte schwitzen, zittern, erregt oder abwehrend stöhnen, sie hätte mit den Händen in der Luft fuchteln können, ohne daß er sie während des Kusses bemerkt hätte.

Ich glaube nicht, daß dieses Extrem der Empfindungslosigkeit gerade dann, wenn du die meisten Empfindungen hast, nur dem Alter zuzuschreiben ist, das man gewöhnlich als eine Ichsuche beschreibt. »In Wirklichkeit liebt niemand die geliebte Person um ihretwillen«, schreibt Ibn Arabi weiter, »man liebt sie einzig und allein um seinetwillen. Das ist die Wahrheit, ohne jeden Zweifel!«

– 33 –

Es gibt auch Ausnahmen, Erleuchtete wie Rabia al-Adawiyya, die im 8. Jahrhundert mit einem Eimer Wasser in der einen und einer Fackel in der anderen Hand durch Basra lief. Fragte jemand, was es mit dem Eimer und der Fackel auf sich habe, antwortete sie: »Ich will die Hölle löschen und das Paradies verbrennen, damit Gott nur noch seiner ewigen Schönheit wegen geliebt wird.«

– 34 –

So erhebend der Kuß war, elektrisierend, gigantisch und so weiter, plagten den Jungen bereits Minuten später Zweifel, ob ihr Verhältnis damit als besiegelt gelten konnte. Er wollte ja nicht nur mit ihr zusammensein; er wollte auch, daß alle sehen, daß sie zusammen sind. Aus mystischer Sicht wiese eine solche Eitelkeit ihm zweifellos einen der untersten Standplätze der Liebe zu – aber immerhin der Liebe, die ihm die Schönste des Schulhofs später abstreiten sollte. Nach dem Kuß betrachteten sie sich lange, er grinsend wie nach einem gelungenen Streich, sie zärtlich oder vorsichtig, je nachdem, wie ihr Lächeln zu deuten war, und kehrten schließlich, ohne ein weiteres Wort gewechselt zu haben, in ihre Klassen zurück. Der Impuls, vor dem Trampelpfad die Umarmung zu lösen, ging von ihr aus, so unmerklich auch immer, und sie war es, die in der Raucherecke nicht haltmachte, obwohl die Schüler dicht an dicht standen, die Pausenglocke also – seltsam genug – noch nicht geläutet haben konnte. Soviel Zeit ist doch vergangen, meinte der Junge, als er sich mit der Schönsten durch die Raucher schlängelte, so viele Zustände hat er durchlebt, meine ich, seit und zumal während er das Schwarz hinter den geschlossenen Lidern leuchten sah. Erst zwanzig, dreißig Meter von der Raucherecke entfernt hielten die beiden an, wo sich ihre Wege trennten. Mochte ihrem Lächeln, wenn ich mir den Anblick heute ins Gedächtnis rufe, die Zuneigung deutlich genug eingeschrieben sein, konnte er das Fragende, womöglich Flehende in seinen Augen nicht mehr verbergen. War es nicht doch Kummer, was er in ihrem Gesicht beobachtete, Mitleid, ihm bald weh tun zu müssen? Fast hätte er ihre Hand ergriffen, im Sichtfeld der anderen Abiturienten, wie ihm – scheiß drauf! – bewußt war, bevor er sich in den stummen Abschied fügte. In der Eingangshalle schoß sein Puls in die Höhe, Schweiß bildete sich auf der Stirn, als würde er krank, endlich schwindelte ihm auf der Treppe, so daß er sich am Geländer festhielt. Die ganzen Tage war er ruhig, ihrer Liebe sicher gewesen; unten am Fluß hatte er im Zustand der irdisch nicht für möglich gehaltenen Glückseligkeit sich gewähnt, wo die Schöpfung wie versprochen keinen Riß aufweist, keinen einzigen Sprung. Um so entsetzlicher packte ihn nun die Furcht, daß sie die Zärtlichkeit nur aus Versehen, in einem jetzt schon bereuten Moment der Nachlässigkeit zugelassen habe. Dreißig Jahre später meine ich, daß ihr auf den Treppen und Fluren zu ihrem eigenen Klassenzimmer vieles durch den Kopf gegangen sein wird, aber bestimmt nicht die Überlegung, ihn, kaum geküßt, schon wieder von sich zu weisen. Er hingegen hielt ebendiese Gefahr für so real wie, sagen wir, um am Ort des Geschehens zu bleiben: wie die Aussicht auf eine Fünf in Mathematik. Von einer auf die andere Sekunde gab er jeder Regung der Schönsten die schlimmstmögliche Deutung, jedem Blick, jeder Geste, all den nicht gesagten Wörtern und selbst dem Bewegungsablauf ihrer Lippen beim Kuß, der so erhebend gewesen, elektrisierend und so weiter. In der kleinen Pause verneinte er stammelnd die Frage seines Sitznachbarn, ob alles okay sei.

– 35 –

Alles hing jetzt vom nächsten Wiedersehen ab, glaubte der Junge und sprang auf, als die Glocke zur großen Pause läutete. Der Lehrer beharrte darauf, daß der Unterricht erst vorbei sei, wenn er ihn beende, und hieß den Jungen sich wieder zu setzen, allein, der hörte den Lehrer schon gar nicht mehr oder hörte ihn, und es war ihm egal, stob aus der hintersten Stuhlreihe am Pult vorbei aus dem Klassenzimmer, so daß der Lehrer, der die Not des Jungen zu begreifen meinte, ihm nachrief, ob er immer so dringend aufs Klo müsse. Bestimmt lachte die Klasse auf, aber das hörte der Junge nun wirklich nicht mehr, war schon in den Korridor entschwunden, nahm im Treppenhaus trotz Birkenstock-Pantoffeln drei Stufen auf einmal, rannte quer über den Hof zur Raucherecke und, weil noch niemand dort stand, weiter zum Flüßchen, das erst recht verlassen wirkte. Zurück in der Raucherecke, versteckte er sich hinter keinem Rücken, warf den Abiturienten, die einer nach dem anderen eintrafen, erst grimmige, dann zunehmend verzweifelte Blicke zu und begann, auf und ab zu gehen, als führe er Aufsicht. Bevor die Pausenglocke zum zweiten Mal läutete, verließ er die Raucherecke, um den gesamten Schulhof nach der Schönsten abzusuchen, sein Verstand jedenfalls in dem Sinne hellwach, daß er ihre möglichen Aufenthaltsorte auf einem imaginierten

Lageplan markierte, um sie der Reihe nach abzulaufen. Als die Glocke läutete, kehrte er nicht in den Unterricht zurück, sondern stellte sich keuchend an die Treppe, an der es am wahrscheinlichsten erschien, sie abzupassen, folgte dann den letzten Schülern in eines der oberen Stockwerke, in dem er die Kurse der Abiturienten vermutete, und schaute in alle Klassenzimmer, deren Türen noch offenstanden, nahm auch den irritierten Blick der Lehrer in Kauf, die an ihm vorbei in den Unterricht gingen. Den Rest der Unterrichtszeit saß er das erste Mal allein an dem Ufer.

– 36 –

»Gott machte Adam ohne Ausnahme mit all Seinen Namen bekannt, auf daß der Schöpfer mit jedem Namen gepriesen werde, der Ihm in der Schöpfung zukam. Adam feierte damit die Erhabenheit und Großartigkeit Gottes.« Und dann fügt Ibn Arabi den Satz an, der eine Geschichte der Weltliteratur einleiten könnte: »Kein Name ist unbedeutend, und sei es der Name einer großen oder kleinen Napfschüssel, im Unterschied zur Meinung derer, die von der Erhabenheit der Dinge nichts verstehen.« In diesen Zusammenhang gehört auch die Anekdote des ägyptischen Mystikers Dhu-n-Nun aus dem 9. Jahrhundert. Jemand sagte zu ihm: »Zeige mir den größten Namen Gottes!« Dhu-n-Nun sprach: »Zeige mir den kleinsten!« und warf ihn hinaus.

– 37 –

Mit dem lässigsten Ausdruck, den seine zitternden Lippen erlaubten, nahm er sich am frühen Abend einen Hocker und blieb an der Theke sitzen, bis die Kneipe kurz nach eins schloß. Natürlich hätte er längst zu Hause sein müssen, aber wer dachte an so was. Sein Vater hätte sich auf den Hocker neben ihn setzen können, und der Junge hätte es nicht bemerkt. Die Blicke, die ihm die Schönste jedesmal schenkte, wenn sie am Tresen die Getränke abholte, die fünf, sechs Zärtlichkeiten, die sie auf ihre Arbeitszeit verteilte, vertrieben die letzten Zweifel, daß ihr Kuß am Morgen ein Versehen gewesen sei. Gespräche schien sie zu meiden; anders als an den zwei früheren, noch unschuldigen Abenden, an denen er sie auf der Arbeit besuchte, ergaben sie sich nicht oft und immer nur beiläufig, kaum länger als für eine Minute. Schon bei der Begrüßung hatte er angekündigt, auf sie warten zu wollen, und sich die Überraschung nicht anmerken lassen, daß sie keinen Einwand erhob. Ich glaube nicht, daß die Schriften dem Gläubigen Größeres, Faszinierenderes, Geheimnisvolleres verheißen als ihr Dienstschluß dem Jungen, man gehe die Ankündigungen ruhig einmal durch. Im Koran etwa, der das Paradies noch einmal ausführlicher beschreibt als die Bibel, ist von mehreren, manchmal vier, manchmal nur zwei Gärten die Rede, »darunter hin die Ströme fließen«, und die Bewohner des Himmels sind »geschmückt mit Spangen von Gold, bekleidet mit grünen Gewändern von Sundus und Atlas, gelagert drin auf Thronen«. Natürlich fließen Milch und Honig. Daneben werden die anmutigen Klänge betont, welche die Ohren der Himmelsbewohner liebkosen, die verschiedenen Baumgattungen aufgezählt, unter denen sie ruhen, Dornbüsche ohne Dorn und Akazien reich an Blättern, zudem die Paläste gerühmt, die sie bewohnen, und die erhöhten Polster erwähnt, auf denen sie ruhen, auch die Silbergefäße, Goldschalen und Kristallpokale angeführt, schließlich die Speisen beschrieben, die ihre Gaumen verwöhnen, Datteln und Trauben vor allem, zur Abwechslung Fleisch von Vögeln, dazu Wein, der nicht berauscht und nicht verdüstert, sowie andere Getränke, denen Ingwer beigemischt ist; selbst das angenehme Klima wird erwähnt, für die Wüstenbewohner der Schatten hervorgehoben – was ist all dies, ganz konkret gefragt, gegen die Freuden, die sich der Junge auf seinem Barhocker vorstellte, nein, die ihm bevorstanden, unmittelbar, in fünf, vier, drei, zwei und schließlich nur einer Stunde. Er selbst jedenfalls hätte keinen einzigen Kuß, schon gar nicht den Anblick und dann sogar die Berührung ihres nackten Körpers tauschen wollen gegen Sphärenklänge, welche Speisen und Getränke auch immer, Schmuckgegenstände und gute Klimaverhältnisse. Näher kommt der Koran der Situation des Jungen, wenn er dem Gläubigen alles verspricht, »was das Herz begehrt und das Auge freut«, und in kaum glaublicher Anschaulichkeit dann natürlich mit den sexuellen Versprechen, zu Beginn der 56. Sure etwa die schöngeäugten Huris gleich Perlen in der Muschel, wenn die Himmelsbewohner kein Torenwort hören noch Sünde, »nur sagen Friede! Friede!«. Aber die Musik in der Kneipe war auch schon ganz gut.

– 38 –

Daß ich seit achtunddreißig Tagen über die große Liebe des Jungen schreibe, ohne mich ein einziges Mal der Tagebücher erinnert zu haben, die in der Truhe mit den Briefen lagen, wird mir der Leser kaum abnehmen oder nur deshalb abnehmen, weil die plötzliche Aufdeckung einer authentischen Quelle allzu konstruiert scheint, um für eine Geschichte konstruiert sein zu können. Gleichviel, es wird nicht von Belang sein, was der Leser von der Einführung der Tagebücher hält, da sie sich auf Anhieb als unergiebig und sogar beschämend banal erwiesen. Schon der Titel *Traum & Chaos*, auf dem Einband der Nachwelt in Schönschrift bekanntgegeben, schlägt den Ton pubertärer Selbstüberhöhung an, der im Tagebuch dann auf beinah jeder Seite enerviert. Unbewußt ist es, so scheint mir, eine Karikatur des Sturm & Drang, dessen Sakralisierung der eigenen Stimmung über etliche Vermittlungsstufen hinweg auf den Jungen gewirkt haben muß, nur daß von der Originalität und ja auch sprachlichen Brillanz keine Spur blieb außer der Häufung von Ausrufezeichen: »Was für ein schönes Gefühl, das Gefühl der Liebe!!!« Hinzu kommt der subjektive Eindruck, als erster Mensch einen Kontinent zu betreten, den in Wirklichkeit alle Welt bereits kennt. Fee hat er sie genannt, Märchenfee und sogar Feeli, was den Autoren der abgeschmacktesten Drehbücher nicht einfiele. Schilderungen konkreter Situationen, die ich für meine Geschichte gebrauchen könnte, finden sich hingegen nicht, als wollte der Junge reine, geradezu substanzlose Poesie schreiben, ganz wenige Hinweise, die mir helfen, den Ablauf zu rekonstruieren. Lediglich die Bauchschmerzen kommen mehrfach zur Sprache, die allerdings auch in Schlagern notorisch sind, Bauchschmerzen oder mal ein Bauchkitzeln, ein Herzrasen, Unruhe des Geistes. Erschreckt hat mich, wie wenig Individualität wir gerade dort an den Tag legen, wo wir selbst am entschiedensten meinen, etwas einzigartiges zu erleben. Eine ähnliche Ernüchterung bereitete mir nur vor einigen Jahren der Versuch, meine Ehe zu therapieren, der zu nichts anderem führte als zur Erkenntnis, daß die Wahrnehmungen, Reaktionen, Verhaltensmuster, Mißverständnisse, erotischen Stadien und Selbsteinschätzungen bis in einzelne Formulierungen hinein genau dem Muster entsprachen, das unser sozialer Stand, das Alter, die Dauer der Beziehung, die Anzahl der Kinder und ähnliche Indikatoren vorgaben. Wäre sie nicht ohnehin schon am Ende gewesen, hätte spätestens dieser Schock der Selbsterkenntnis meine Ehe zerstört. Allerdings ist die mystische Erfahrung ebenfalls kategorisierbar und also keineswegs individualistisch, sonst hätten die Mystiker nicht ein exaktes, auch psychologisch ausgefeiltes System der Standplätze und Zustände aufstellen können, in deren Abfolge das innere Erleben zum Schauplatz einer Offenbarung wird. Weshalb ich das Tagebuch dennoch erwähne, um es dann rasch wieder in die Truhe zurückzulegen – obwohl der Gedanke gräßlich ist, es könnte je von einem anderen gelesen werden, und sei es nur der eigene Sohn, der sich durch meine Hinterlassenschaft müht, sperrt sich etwas in mir, das Tagebuch einfach wegzuschmeißen, ein Lebenszeichen ist es immerhin und einmal so wichtig gewesen – der Grund, weshalb ich es erwähne, ist die Entdeckung, daß die Große Liebe, um die mein Gedächtnis soviel Aufhebens macht, keine Woche gedauert hat, gerechnet vom ersten Kuß bis zur Trennung, sein Trennungsschmerz natürlich länger, in gewisser Weise bis heute, sonst würde ich nicht unsere Geschichte erzählen.

– 39 –

Stumm folgte er, als sie sich vom Wirt und den wenigen Gästen verabschiedete, die noch am Tresen saßen, und behielt auf dem Bürgersteig einen Schritt Abstand bei. Ihr Auto stellte sich als gewöhnliches Modell heraus, ein Geschenk ihrer Eltern, nehme ich an, keine selbstbemalte Ente oder ein Käfer Cabriolet, wie es den strengen Regeln des autonomen Geschmacks entsprochen hätte. Dennoch fand er weder den Opel Ascona spießig noch ihre Mahnung, sich anzuschnallen. Während der Fahrt wagte er nicht, den Kopf auch nur bis zur Knüppelschaltung zu drehen, während rechter Hand Fabriken vorbeiglitten, die vor dreißig Jahren noch in Betrieb waren, oder wenn nicht Fabriken, dann Lagerhallen, Großhandelsgeschäfte und nach einer Weile die Gleise, praktisch eine Industriestraße also, nur daß sie in ihrer Stadt mitten durchs Zentrum verlief. Ampel für Ampel näherte er sich seinem Himmelreich und machte sich trotzdem Gedanken, ob er nicht eine kluge oder noch besser poetische Unterhaltung bieten müsse, damit sie Gott behüte nicht auf die Idee käme, ihn zu Hause abzusetzen. Zum Glück fiel ihm kein Satz ein, der geistreicher gewesen wäre als das Schweigen. Hinterm Bahnhof, der im selben Dunkel lag wie die Fabriken, Lagerhallen und Großhandelsgeschäfte, parkte die Schönste und blickte ihn erwartungsvoll an. Es dauerte ein paar Sekunden, bis der Junge begriff, daß er aussteigen müsse, damit sie auf den Riegel der Beifahrertür drückte. Endlich stand er vor der Häuserzeile, gegen deren Abbruch sie ebenso erfolglos demonstrieren sollten wie gegen die atomare Aufrüstung. An den Bettüchern, die mit Parolen bepinselt von den Fenstern herabhingen, war leicht zu erkennen, in welchem der Häuser sie wohnte. Zu seinem Schrecken war es allerdings auch das einzige, in dem noch Licht brannte, und wirklich: in der Küche saßen die Widerständler bei Rotwein und Marihuana, alle sieben noch einmal älter als die Schönste des Schulhofs, also nun wirklich erwachsen. Wenn sie sich dazusetzten, das ahnte er, würden sie so bald nicht mehr aufstehen, und morgen früh riefe der Unterricht, den er ohne Bedenken schwänzen würde, aber so kurz vorm Abitur vielleicht nicht sie. Zudem sorgte er sich um seine Konstitution, von der alles abhängen würde, hatte an einem Abend noch nie so viele Biere getrunken, dazu die Schlaflosigkeit der vorangegangenen Nächte, die Aufregung – lauter ungünstige Umstände, um das Arkanum zu enthüllen, das ihm die Vereinigung zweier Körper war. Allein die absehbare Frage, ob er jemals mit einer Frau geschlafen, machte seine Lippen wieder zittern. Dagegen in ihren Adern schien das Blut so gleichmütig zu fließen wie das Flüßchen, an dem sie einander das erste Mal geküßt, hatte es nicht eilig, hatte es nicht nötig, sich über den weiteren Verlauf der Nacht mit ihm zu verständigen, hatte mit

Sicherheit Erfahrung genug. Dreißig Jahre später vermute ich, daß sie schweigend vorausging, schweigend im Auto saß, schweigend die Treppe vorausstieg und so gut wie alle Blicke vermied, weil sie selbst schwankte, was sie mit dem Jungen anstellen solle, der ihr bestimmt gefiel, der sie aus welchen Gründen auch immer anzog, doch nicht einmal alt genug für die Raucherecke war. Was ist weniger verfänglich, wird sie im Treppenhaus überlegt haben, ihn zu Wein und Marihuana in die Küche oder in ihr Zimmer mitzunehmen? Dem Jungen indes erschien sie wie eine Priesterin, die erst im letzten Augenblick entscheidet, ob sie Einlaß ins Heiligste ihm gewährt.

– 40 –

Folge ich dem Plan, den ich leichtfertig erwähnt habe, müßte ich spätestens heute von der Vereinigung erzählen. Allein, die Vereinigung, merke ich jetzt, setzt sich selbst aus so vielen Seiten zusammen, daß ich sie länger als nur einen Tag ins Gedächtnis zurückrufen möchte, ich sage einfach mal zehn. Für eine Streckung des Vorgangs sprächen überdies kompositorische Gründe, um die Vereinigung genau in der Mitte der Geschichte zu plazieren. Das »Bleiben im Entwerden« rückte eine Station nach hinten, wodurch der Verzweiflung immer noch vierzig Seiten blieben, und heute schlösse ich, statt hopphopp die Vereinigung zu durchlaufen, lediglich die Wegstrecke ab, die in allen religiösen Traditionen der Erfahrung des Heiligen vorausgeht, indem ich ein letztes Mal mit Ibn Arabi erklärte, was im Frühjahr 1983 am Beischlaf zweier Jugendlicher in einer westdeutschen Kleinstadt heilig gewesen sein mag. »Nie würde man Gott anschauen können, wenn etwas Vermittelndes fehlte«, schrieb er in seinen *Ringsteinen der Weisheit*, »denn Gott, in seiner absoluten Essenz, ist von den Welten unabhängig. Da nun aber die göttliche Wirklichkeit in ihrer Essenz unzugänglich ist und es ein Schauen nur in einer Substanz geben kann, ist die Anschauung Gottes in den Frauen die stärkste und vollkommenste; und die allgewaltige Vereinigung ist die geschlechtliche.«

– 41 –

Von indisch anmutenden Tüchern bedeckt ein Matratzenlager, in dem drei, sogar vier Menschen übernachten oder wohl eher die Nacht zum Tag machen konnten, drei quer aufgestellte Obstkisten aus dünnem Sperrholz, in denen ihre Lieblingslektüren, Schulbücher und Schallplatten aufgestellt waren, kein Schreibtisch, an dem sie ihre Hausaufgaben erledigte, dafür ein Turm aus einem Kassettendeck, einem Radio, einem Verstärker und einem Plattenspieler, links und rechts zwei selbstmontierte, moosgrün bemalte Lautsprecherboxen, die zugleich als Ablage für Räucherstäbchen (links) und den Aschenbecher (rechts) dienten, ein Regal aus unbehandeltem Nadelholz für Schmuck, überwiegend natürliche Kosmetika, Stifte, Hefte und alle anderen Utensilien, auf dem ursprünglich beigen, nun fleckenübersäten Teppichboden die Kleidung in Stapeln oder einzeln fallengelassen, dazu als Kleiderständer ein rosa lackierter Stuhl, auf und unter den beiden Fensterbrettern eine Unzahl von leeren Weinflaschen, aus deren Hälsen weiße Kerzen wie Ballettänzerinnen ragten, die Wände feuergelb angemalt, darauf das Poster eines Jazzfestivals sowie die Friedenstaube von Picasso, die im Westdeutschland jener Zeit bei Hunderttausenden Gymnasiasten, Studenten und Hausbesetzern hing, sechs mannsgroße Topfpflanzen, die heute den Eindruck eines Gewächshauses hervorrufen würden – so also sah das Zimmer aus, das nicht nur die Entdeckung der Liebe verhieß oder bis in die Details, bis hin zum Teegeschirr aus Terrakotta, seinen innenarchitektonischen Idealen entsprach, sondern über Geschmack und Begehren hinaus für nichts Geringeres als eine politische Utopie stand. So, genau so, wollte er auch einmal leben, so »wild und gefährlich«, wie es eine Postkarte, die an die Tür geheftet war, einem Arthur empfahl. Obwohl die Postkarte noch häufiger bei Gymnasiasten, Studenten und Hausbesetzern hing als die Friedenstaube von Picasso, stellte ich mir nie die Frage, wer mit diesem Arthur gemeint war. Schopenhauer? Ich weiß schon, nichts von jener Zeit ist im kollektiven Gedächtnis haftengeblieben: So dramatisch, so umstürzlerisch, ja an manchen Tagen apokalyptisch der Kampf gegen die atomare Aufrüstung den Beteiligten vorkam, die sich zu Massendemonstrationen in der damaligen Hauptstadt versammelten, Menschenketten entlang Autobahnen bildeten, Kasernen blockierten oder Rosen an behelmte, knüppelbewehrte Polizisten verteilten, so rückstandlos verpuffte die westdeutsche Friedensbewegung, als der sogenannte Doppelbeschluß dennoch durchgesetzt wurde. Und heute schreiben die Historiker dem Doppelbeschluß auch noch rechtfertigend den Fall der Mauer zu! Dennoch schätze ich die Zeit, die man allenfalls noch ihrer kuriosen Mode wegen erinnert, strickender Männer und ebenso unförmig gekleideter Frauen, dennoch schätze ich sie höher, je länger ich über sie nachdenke, weil sie eines nicht war, nämlich cool und ironisch. Wie in den Traditionen, an die meine Geschichte anknüpft, aber zum vorerst letzten Mal in der westlichen Welt, galten das Gutmeinen, die Sanftmut, der Altruismus und selbst die Schwäche als Tugend. Das Wort des Barfüßers Bischr ibn al-Harith aus dem 9. Jahrhundert, daß du noch nicht vollkommen bist, solange dein ärgster Feind nicht vor dir sicher ist, hätte, auf den Warschauer Pakt gemünzt, auch bei den Versammlungen in der Evangelischen Studentengemeinde fallen können. Das weiche Wasser bricht den harten Stein und so weiter, alles widerlegt, alles von vorgestern oder Vorzeiten, und doch glaube ich im Innersten noch heute daran, wenngleich aus anderen als historischen Gründen. Ohne das Feuer der Liebe als eine politische Botschaft, das zehn oder fünfzehn Jahre nach den Hippies noch einmal aufleuchtete, hätte die Schönste des Schulhofs das Heiligste kaum dieser Vogelscheuche von einem Galan aufgetan. Denn mehr und mehr wird mir klar, daß ihrer überraschenden Zuwendung auch ein emanzipatorisches Moment zugrunde lag, den Kerlen einen Hüpfer vorzuziehen, in der Naivität die Arglosigkeit wertzuschätzen und gerade in der Unsicherheit eine Stärke zu sehen. Und einmal in ihn verliebt, schien sie sich entschlossen zu haben, ihm die Vereinigung zweier Körper so zu entdecken, daß das Feuer lebenslang in ihm brennen würde. Wie ich darauf komme? Nun, sie fragte gar nicht, ob er schon einmal mit einem Mädchen geschlafen habe. Sie wußte es einfach, als sie die Kerzen anzündete, die eine nach der anderen in den Flaschenhälsen zu tanzen begannen.

– 42 –

Ich frage mich, ob es meinem Sohn wie dem Jungen ergehen wird, der zum ersten Mal eine Frau nackt auf einem Bett ausgestreckt sah, die beiden wellenförmigen Linien, die ihr schlanker Leib zeichnete, ihre Oberschenkel zusammengepreßt, als zweifelte sie noch, aber die Lippen geöffnet und gaben also die eleusinische Zahnlücke preis, die fest gespannten Brüste vor Aufregung ebenfalls bebend, darauf die Türmchen gerade emporragend wie aus Ziegeln gefügt, die eine Hand auf den Bauch, die andere zur Seite gelegt, um ihn mit einer Umarmung zu empfangen, nichts rasiert, das gab es ja in jener Zeit nicht, das hätte als widernatürlich und überkommen gegolten, ihre Scham, ihre Schenkel, ihre Unterarme und selbst die Achseln dem Jungen also wahrhaftig ein himmlischer Garten mit Wiesen und Wald – ich frage mich, ob es meinem Sohn überhaupt noch ergehen kann wie ihm. Nicht, daß der Junge niemals eine Frau in Filmen oder am Baggersee nackt beobachtet hätte; gerade für die Friedensdemonstranten gehörte es zum guten Umgang, in der Öffentlichkeit Hemd, Hose und Unterwäsche zu wechseln, die etwa von Wasserwerfern naßgespritzt worden waren, im Hofgarten der damaligen Hauptstadt ostentativ ohne Scham sonnenzubaden oder an der Seite des Protestmarsches sich zum Pinkeln hinzuhocken, die Frauen, meine ich, freilich hockten manche Männer aus Solidarität auch. Aber das war doch anders; in solchen Situationen sandte die Blöße kein erotisches Signal aus, mochte der Junge dennoch hier und dort zu den Frauen gespitzt haben, sie war mehr im Sinne des Urwüchsigen gemeint und negierte das Geschlechtliche geradezu, tat es als eine Repression ab, die man überwunden habe. An Nacktheit, die willentlich aufreizte, kann ich mich hingegen kaum erinnern; wie gesagt war sie innerhalb der Bewegung verpönt, aber scheint vor der Einführung des Privatfernsehens überhaupt in der Öffentlichkeit noch nicht allgegenwärtig gewesen zu sein, oder vielleicht hat der Junge auch nur die falschen Sendungen geguckt. Hinzu kam, daß die Stadt, in der sie lebten, nicht nur klein, sondern von einer besonders strikten Auslegung des Protestantismus geprägt war und daß in den meisten Elternhäusern mindestens so strenge Moralvorstellungen herrschten wie vor der sexuellen Revolution im restlichen Land. Homosexualität, um nur ein Beispiel anzuführen, Homosexualität war mehr als nur ungehörig; selbst einem Jungen, der gewohnt war, fremde Frauen pinkeln zu sehen, schien sie irgendwie undenkbar zu sein oder allenfalls im Land seiner Lieblingslektüren vorzukommen, und selbst dort mußte er schon mit der Nase darauf gestoßen werden, um zu begreifen, daß tatsächlich die Liebe zwischen Männern gemeint war. Und schließlich kannte man noch nicht – und am allerwenigsten innerhalb der Friedensbewegung – jenen Drang zu Makellosigkeit, Perfektion, absoluter Zurichtung des Körpers, der inzwischen bis in streng protestantische Kleinstädte ein Regime, ach was!, einen Totalitarismus der Verführung hervorgebracht hat: Was anderes als die totale Vorzeigbarkeit ist es denn, weshalb jeder Muskel trainiert, jedes überflüssige Haar aus dem Körper gerissen und noch die Pobacke tätowiert wird, wo die Schönste eines westdeutschen Schulhofes 1983 »keinerlei Schminke bedurfte«, wie der Dichter Nizami über die sagenhafte Leila schrieb, »denn schon die Milch, die sie getrunken, war auf Wangen und Lippen zu Rosenfarben geworden, und mit Augensalbe und Schönheitsmal hatte ihre Mutter sie zur Welt gebracht«. Hingegen mein Sohn könnte allein auf seinem Handy mehr pornographisches Ebenmaß gespeichert haben, als sein Vater je … – Himmel hilf!, jetzt höre ich mich schon wie mein eigener Vater und wahrscheinlich alle Vorväter an, die den Verfall der Sitten zumal in den Blütezeiten der Literatur als Verlust von Nuancen wahrnahmen, als die Verarmung durch Fülle, die Verirrung durch Direktheit, den Stumpfsinn durch Erregung. Die Dialektik des Schleiers, die im Sufismus zentral ist: Gott hat Madschnun die Vorhänge und Scheidewände in den Weg gelegt, damit sein Auge von Tag zu Tag reife, bis es aufmerksam genug sei, Leila zu sehen. Und so mag ich ebensowenig wie mein Vater und meine Vorväter glauben, daß mein Sohn eine vergleichbare Sensation erfahren wird wie der Junge, der erst eine, dann zwei, dann drei Minuten atemlos vor dem Matratzenlager stand, bevor er sich endlich die Kleider vom Leib riß.

– 43 –

»Jemand sieht alle deine Schamstellen«, schrieb Anfang des 13. Jahrhunderts Baha-e Walad, dessen Sohn Rumi heute von der Popsängerin Madonna verehrt wird: »sieht deine Blöße, dein Schamglied, so wie eine Frau ihren Mann und ein Mann seine Frau zum ersten Mal sieht. Sie sehen alle geheimen Stellen und schamhaften Dinge des Geliebten, freuen sich aneinander, lassen sich voreinander gehen und sind hemmungslos. So wirf auch du dich, da Gott all deine geheimgehaltenen Teile und deine Blößen sieht, ohne Hemmung lang vor Ihn hin und sage: ›O Gott, verfüge über meine Teilchen, ganz wie Du immer verfügst, denn keines kann sich vor Dir verbergen.‹«

– 44 –

Daß ihr von vornherein klar war, ihn in die Liebe einführen zu müssen, weiß dreißig Jahre später ich, jedoch nicht der Junge, der sich mit einem Sprung nicht unähnlich einem Köpper auf sie stürzte, um sich alsbald zu fragen, wie man eigentlich schwimmt. Gewiß hatte er sich die Situation in den letzten Tagen und erst recht im Laufe des Abends allein an der Theke in allen denkbaren Details ausgemalt, sich im Geiste auf alle Handgriffe, Bewegungsabläufe und Stellungen vorbereitet, aber da sein Körper tatsächlich auf ihrem lag und sein Schamglied, um es bei dieser Bezeichnung zu belassen, unbeabsichtigt ihren Flaum streifte, erfüllte ihn zunächst nur der Schreck, wie er die nächsten fünf Sekunden überstehen solle, ohne seine Wollust am falschen Ort, zur falschen Zeit zu ergießen. Rasch hob er sein Gesäß an und begann sie in der idiotischen Hoffnung zu küssen, daß seine Erregung abschwellen würde, wenn er seine Scham nur weit genug von der ihren entfernt hielte, kniete sich mit der gleichen Logik neben sie, raste mit seinem Mund und allen zehn Fingern ihren Körper auf und ab wie eine Putzkolonne den Gang, der zwei Gebäude des Gymnasiums verband. Der eben noch so herrliche und irgendwie – diese Anmaßung und Selbstüberhöhung machte sein Vergehen wohl wesentlich aus: – ihm gehörende, von ihm in Besitz zu nehmende, ihm unterworfene Leib hatte sich in ein fremdartiges Stück Materie verwandelt. Auf keine seiner Berührungen antwortete *es* oder vielmehr ja *sie* mit einer Regung, die Gefallen anzuzeigen schien – wenn es oder sie ihn nicht gar durch den Anschein von Leblosigkeit schockierte. Diese Farce eines Vorspiels kann nicht lange gewährt haben, aus heutiger Sicht würde ich vermuten: keine sechzig Sekunden, als die Schönste sich aufrichtete und – ach, mit welchem Gesicht, das wüßt ich jetzt gern, ob glucksend, ob stöhnend – seine Hände nahm und auf seine Oberschenkel bettete, um sozusagen noch einmal mit dem Abc zu beginnen. Dem Jungen jedoch kam die Minute wie eine Ewigkeit vor, in der ihn Gott, wie die Sufis sagen würden, mit seinem Ich allein gelassen hatte. Es ist dies ein Zustand der panischen Kopflosigkeit, der eintreten mag, bevor der Liebende merkt, daß nicht Wollen das Ziel ist, sondern Gewolltsein. Die Führer beschreiben ihn durchaus als einen Anfang der Erkenntnis. Im idealen Falle folge auf den Schrecken die Ehrerbietung, dann die Verherrlichung, dann die Ehrfurcht, bevor die Wegstrecke der Entwerdung beginne. In dem Jungen freilich wirkte der Schreck so sehr nach, daß seine Erregung bis auf weiteres abgeschwollen blieb.

– 45 –

Man fragte Sahl at-Tustari, der 874 nach Basra verbannt wurde: »Was ist von einem Mann zu halten, der behauptet, wie eine Tür zu sein: Er bewege sich nur, wenn man ihn bewege.« »Das sagt nur einer von zweien«, antwortete Sahl, »entweder ein Hochwahrhaftiger oder ein Ketzer.«

– 46 –

Sei authentisch! mahnte sie, da er mit den Fingern flatterig auf seine Oberschenkel klopfte, und welche Lektüren auch immer ihr die Worte in den Mund gelegt, ob Feminismus, Psychologie oder Befreiungstheologie, sie müssen gottinspiriert gewesen sein, jedenfalls durchfuhren sie den Jungen mit einer Plausibilität, die sonst Offenbarungen vorbehalten ist. Ich bilde mir ein, daß beim Stichwort der Authentizität, das der Junge vielleicht gar nicht richtig verstand und das mir heute meist den Magen umdreht, die Nacht jene Wendung nahm, dank derer sie zu dem Fest wurde, auf das er den Abend über, eigentlich den ganzen Tag oder besser gesagt alle Tage spekuliert, seit er sie leuchtend auf dem Stein angetroffen, vor ihr das poesielose Flüßchen mit der vierspurigen Straße am gegenüberliegenden Ufer, im Rücken eine Lagerfeuerstelle mit leeren Bierdosen und Wurstpackungen aus durchsichtigem Plastik, als Kulisse die parkenden Lastwagen der Spedition. Wäre ich im Tagebuch wenigstens auf die Formulierung gestoßen, sei du selbst! oder besser noch: sei nur jetzt!, ich könnte gut damit leben, ihre Weisheit sogar in meinen gegenwärtigen Lektüren finden, aber sie sagte: sei authentisch!, ausgerechnet authentisch, jetzt erinnere ich mich wieder genau, wiederholte das Wort wahrscheinlich sogar, das vor etwa dreißig Jahren in Mode gekommen sein muß, in größeren Städten vermutlich früher. Und doch wirkte es nicht anders, als auf dem Weg die Worte der Führer wirken, es fügte nichts hinzu, schmälerte die Erfahrung ebensowenig, sondern ordnete lediglich alles Gegebene auf einen Schlag neu. Ich bilde mir ein, daß von diesem Moment an, die Hände auf seinen Oberschenkeln, im Ohr die Authentizität, der Junge nichts mehr von dem tat, was er sich vorgenommen, auf kein und vor allem nicht mehr auf das eine Ziel hin nur strebte, seinen Mann zu stehen. Okay, stammelte er, einfach nur okay, was auch nicht besser als ihr Stichwort klingt.

– 47 –

Ich entsinne mich nicht und finde im Tagebuch erst recht keinen Hinweis, wie seine Finger zu ihr zurück schlichen, flohen, eilten, stürzten, sprangen, schwebten oder gezaubert worden sind, an ihre Rippenbögen oder an ihre Schultern vielleicht; in jedem Fall ist der nächste Moment, den ich aus der Vergessenheit zu bergen vermag, die kuriose, ihm elegant, ja geradezu artistisch erschienene Bewegung, mit der ihre beiden Oberkörper in einer halben Drehung so paßgenau auf die indisch anmutenden Tücher fielen, daß sie ohne justierendes Ruckeln vollständig umarmt nebeneinanderlagen, sein linkes Bein dabei um ihre Oberschenkel geschwungen, die Münder so nah, daß er ihren Atem auf seiner Nasenspitze empfand, sein Glied ganz entspannt an ihre Scham gelehnt, ihre Brust weicher als jedes Polster an seine geschmiegt. Und ich glaube, daß er es war, der Junge, der daraufhin breit zu grinsen begann, wegen der Bewegung, dem Hauch auf der Nasenspitze, seiner verflogenen Erregung oder weil er sie zum Lachen bringen wollte, um ihre Zahnlücke zu sehen, und sie, die er flugs zum schönsten Geschöpf auf Erden erklärte, sie lächelte erst und rollte dann die Wangen zu einem ebenso amüsierten Schmunzeln auf, bevor beide in ein – nein, nicht schallendes, eher perlendes, sprudelndes Gelächter ausbrachen, eine Art Glücksglucksen, das in immer größeren Wellen ihre Körper durchfuhr, bis sie sich prustend ineinander krümmten, er seine Stirn in ihren Schoß gepreßt, sie ihr Kinn auf seinem Rücken gefedert. Einmal in diesen Zustand geraten, hörten sie so bald nicht mehr auf zu gluckern, vermochten allenfalls die Stellung zu verändern, um nach Luft zu schnappen und sich den Bauch zu halten. So entwanden sie sich wohl und fanden sich Seit an Seit auf dem Rücken wieder, auf seltsame Weise jeder für sich, ohne eine Trennung zu fühlen; allmählich beruhigten sich die Muskeln, der Bauchschmerz ließ nach, das Lachen ging in ein Japsen über und erstarb mit zwei Seufzern. Um sicherzugehen, daß sie sich nicht in Luft auflösen oder gerade jetzt aufs Klo gehen würde, ergriff er ihre Hand und spürte beruhigt seiner eigenen Seligkeit nach. Von wem die Bewegung ausging, mit der sie so paßgenau ins Glück gefallen waren, ob von ihr oder ihm, das hätte nicht einmal Gott in seiner Allwissenheit zu sagen gewußt. Baha-e Walad nennt den Weinfluß der Liebe einen der vier Paradiesflüsse, die Er durch jeden Leib fließen läßt. Die anderen drei sind der Honigfluß der Freude zwischen verträglichen Ehegatten, der Milchfluß der Anteilnahme zwischen den Menschen und der Wasserfluß des Lebens und Wissens.

– 48 –

Folgt ich fortan dem Plan, den ich bereits einmal revidiert, müßt ich auf der fünfzigsten Seite die Vereinigung abschließen, um endlich vom Bleiben im Entwerden zu erzählen, damit die Verzweiflung, wenn schon nicht mehr die Hälfte meiner Geschichte, dann wenigstens andeutungsweise den Umfang einnimmt, den das Tagebuch über Monate hinweg so schwülstig dokumentiert. Obwohl, das ist auch Unsinn, selbst das Tagebuch bildet die Verhältnisse nicht angemessen ab, wenn es nach und nach über andere Erlebnisse, Ereignisse, schon vor Ablauf eines Jahres über eine neue Liebschaft räsoniert, bis die Schönste, die mit dem Abitur auch seinen Erdkreis verließ, nur noch wie ein Stern Erwähnung findet, der in besonders klarer Nacht am Himmelsgewölbe erscheint. Von außen betrachtet, aus dem Blickwinkel seiner Mitschüler, Eltern oder womöglich meines Sohnes, der in meinen Hinterlassenschaften auf das Tagebuch stoßen wird, mag der Junge den Eindruck erwecken, als sei seine Liebe nur eine Episode und also fürwahr so unbedeutend gewesen, wie es ihr letzter beziehungsweise einziger Brief ihm vorhielt. Und ja, ich gebe es zu, aus ihm sollte kein Madschnun werden, der in allem nur noch Leila sah, der, wenn er die wilden Tiere beobachtete, »Leila!« rief, der, wenn er die Berge betrachtete, »Leila!« rief, der, wenn er auf die

Menschen schaute, »Leila!« rief und der auf die Frage, wer er sei, »Leila!« rief. Hätte die Liebe des Jungen einen solchen Grad erreicht, könnt ich sie heute weder besingen noch beklagen, weil er nicht in jene Wirklichkeit zurückgekehrt wäre, in der man Geschichten erzählt; er wäre »verrückt« geworden, wie »Madschnun« übersetzt heißt, im pathologischen Sinne schizophren, und säße vermutlich in einer Anstalt ein, statt als Heiliger verehrt zu werden wie der liebestolle Prinz. Der Junge sollte nach kurzer Krankheit wieder die Schule besuchen, keine zwei Monate später gerade noch die Klasse bestehen, vier Jahre danach Abitur machen, studieren, eine Familie gründen, eine Ehe ruinieren und in den üblichen Bahnen heutigen Lebens fortfahren, um sich dreißig Jahre später in einem behaglichen Arbeitszimmer an das eine Mal zu erinnern, bei dem auch er außer sich geraten war, eine Episode, schon richtig – aber was ist die jugendliche Verliebtheit, bezogen auf die Lebenszeit, anderes als eine Episode, ob Ibn Arabi sie auch als vergleichbar, als verwandt, als nicht nur den Symptomen nach übereinstimmend mit dem »Ertrinken« des Mystikers in der alles überflutenden Liebe des Göttlichen bezeichnete? Sah Ibn Arabi den Unterschied denn nicht? Er sah ihn bestimmt, hatte außer der göttlichen auch die irdische Liebe durchlitten, wie er in seinem *Dolmetsch der Sehnsucht* unter Nennung der Schönsten schreibt, und war doch ebenfalls fortgefahren, hatte studiert, hatte gelehrt und sich in einem

Arbeitszimmer erinnert. Der Schmerz, den die Trennung zugefügt, ließ nur äußerlich nach, drang als Gift und als Heiltrank so tief in seine Seele ein, daß alles Suchen seither und zumal die Suche nach dem göttlichen Geliebten untergründig von der Sehnsucht bewegt wurde, noch einmal und nun länger, nun für immer die Auflösung zu erfahren, als die sich Liebe am Anfang und Ende darstellt. Ibn Arabi ist auf dem schmalen, von Einbildungen überwucherten Pfad der Erkenntnis vielleicht tiefer ins Unbekannte vorgedrungen als je ein Sufi, der Bücher noch schrieb. Ich hingegen bin nicht einmal über die Straßen gefahren, welche die Tradition pflastert. Eine Vergleichbarkeit kann es daher nur im Sinne der Napfschüssel geben, die ebenfalls einer der Gottesnamen sei. In diesem Sinne aber, im Sinne der Napfschüssel, bestritt der Junge zu Recht, daß er die Schönste auf Erden gar nicht groß geliebt, und drang der Trennungsschmerz als Gift und als Lebenselixier auch in meine Seele so tief ein, daß alles Suchen seither Sehnsucht nur ist. Der Verzweiflung die Hälfte meiner Geschichte zu widmen, wie es der Plan ursprünglich vorsah, war schon nicht angemessen; dem zeitlichen Ablauf nach wäre das Verhältnis von Erfüllung und Not das von eins und unendlich oder, wenn schon nicht von unendlich, dann von einer Woche und der übrigen Lebenszeit. Nur erzähle ich jetzt schon den achtundvierzigsten Tag und bin noch immer nicht zur Vereinigung gelangt.

– 49 –

Das Verhältnis, in dem die irdische zur himmlischen Liebe steht, beschrieben die Ordensscheiche des Mittelalters auch als eine Brücke und nahmen jene Schüler nicht für voll, die keinen Menschen je groß geliebt. Fachroddin Eraqi aus dem westiranischen Hamedan etwa, der selbst einem Geliebten bis ins indische Multan nachgelaufen war, berichtete im 13. Jahrhundert von dem Novizen, der mehrmals die vierzigtägige Klausur durchmachte, ohne eine Erleuchtung zu erlangen. Da schickte ihn sein Meister ins Weinhaus, wo er einer schönen Frau oder einem Jüngling verfiel. Nachdem er alle Verzückung, alles Leid und alle Demütigungen der Liebe auf sich genommen hatte, kehrte er, herangereift, zum Meister zurück. Ich will nicht sagen, daß ich je die Brücke beschritten hätte. Aber das Weinhaus, das kenne ich ganz gut.

– 50 –

Wo soll ich anfangen, worauf mich beschränken, um auf einer einzigen Seite dem Feuerwerk an Eindrücken gerecht zu werden, das die Vereinigung dem Jungen bot, wobei er nicht nur Zuschauer, sondern zugleich Sprengmeister war, bei aller Authentizität spätestens mit dem Eindringen seines Geschlechts in ihres wieder hochkonzentriert darauf, ihre Sinne bestmöglich zu erfreuen? Wenn es ihm nur gelänge, seine eigenen Sinne lang genug zu beherrschen, wäre schon viel gewonnen, sprach er zu sich und bereute den vielen Wein, den sie seit ihrem Lachanfall beide getrunken, und den Joint, den sie gemeinsam geraucht. Er ahnte nicht, daß eben die Eintrübung ihn davor bewahrt haben dürfte, schon beim Eindringen zu vergehen. Zu seiner Erleichterung war es ganz gut gelungen, ›wie geschmiert‹, dachte er noch, an den Ausdruck erinnere ich mich genau, ›das läuft ja wie geschmiert‹, und ans Gefühl, umschlossen zu sein – nein, nicht nur das Schamglied, um ein für alle Mal bei dem Begriff zu bleiben, den der verdiente Orientalist Fritz Meier aus Basel in seiner Studie zu Baha-e Walad vornehm hüstelnd gewählt –, mit dem ganzen Leib und dem Geist und allem, was ist, von ihr umschlossen, in ihr aufgehoben zu sein. Das war nun wirklich ein anderer Sinnenrausch als die rasche Befriedigung, die er sich unter der eigenen Bettdecke verschafft;

es war, »wie wenn Bäume und Pflanzen Wasser und Erde saugen«, wie Baha-e Walad selbst die geschlechtliche und zugleich die religiöse Wollust beschreibt, »so daß man sagen könnte, du saugest an Gott, ohne daß ein Reden, ein Gedenken oder die Wahrnehmung eines Einfalls dabei wäre«. Nein, das war nicht der Gipfel, sondern wäre nur fast einer geworden, zu früh, zu tief, zu kurz, nur angedeutet und schon wieder vorbei. Er stützte sich mit den Händen auf und fuhr mit dem Oberkörper hoch, wodurch sein Schamglied, ein Stückchen tiefer in sie eindringend, neue Wellen des Wohlgefühls auslöste, die ihn jetzt jedoch ängstigten, die er nicht wollte, die er mit Zahnarztphantasien zu brechen versuchte, um die Kontrolle nicht gänzlich zu verlieren. Er blickte sie an, wie?, das weiß ich nicht, ich war es ja selbst, erschrocken vielleicht oder vielleicht auch verwirrt, ratlos oder einfach nur fragend, was für eine tolle, zu tolle Angelegenheit dies denn nun sei, und nahm sich vor, sich bis auf weiteres keinen Millimeter mehr zu bewegen. Bloß kein neues Beben auslösen! Indes schien sie nicht bloß auf seine nächste Regung zu warten, sondern gerade das Herauszögern, das Stillhalten, die Spannung zu genießen, hatte die Augen geschlossen und die Lippen so weit geöffnet, daß die Zahnlücke ungeschützt dalag. Von ihr war also für den Moment keine weitere Anleitung zu erwarten, wurde ihm klar, wie mir klar wird, daß die Vereinigung unmöglich nur auf einer Seite erzählt werden kann.

– 51 –

»Gottes Schamteil hat viele Gestalten«, weiß Baha-e Walad: »Es kann die Gestalt von jungen Frauen annehmen sowie der Lust für die Männer, die Er in sie gelegt hat. Das Beschlafen der Männer, aber auch der männlichen Tiere, besteht darin, daß Gott sie berührt in Gestalt dieser Frauen und Weibchen, in Gestalt ihrer Handlungen, also ihrer Küsse und dergleichen. Gottes Schamteil kann genauso die Form von Männern, aber auch männlichen Tieren annehmen, mit denen Gott die weiblichen Wesen beschläft und sie berührt, wie Er Maria berührt hat und wie böse und gute Geister berühren. Gottes Schamteil kann die Gestalt der grünen Pflanzen, des Wassers, der Lüfte und der Erde annehmen. Niemand kennt die Art und Weise dieses Verkehrs, dieser Berührung und dieses Beischlafs.«

– 52 –

Vermutlich ging es ihr trotz allem zu schnell. So viel Mühe er darauf verwandte, den Höhepunkt weiter aufzuschieben – man kann auch sagen, daß sein Bemühen nunmehr einzig und allein darauf gerichtet war, seine Lust zu minimieren –, so behutsam er sein Gesäß deshalb bewegte, so war ihm gleichzeitig bewußt, daß eine ideale Vereinigung keinem Balanceakt gleichen sollte und die weibliche Ekstase nicht in Zeitlupe herbeizuführen war. Allein, was konnte er tun? Hätte er den Vorgang nur ein wenig beschleunigt, wäre ihm die Erregung sofort aus dem Ruder gelaufen. Schließlich blieb er auch lustvoll, der Vorgang, das bestreite ich keineswegs, das Hin und Her, Auf und Ab, Ein- und Auftauchen in ihrem Leib, der sein Schamglied so eng und weich wie eine Flüssigkeit umgab und deshalb alle Assoziationen eines Meeres weckte, obwohl der Junge noch nichts über die Uferlosigkeit gelesen hatte, von der die Mystiker sprechen, ja, das war eigentlich herrlich oder hätte es sein können, wäre der Lust nur nicht soviel Furcht beigemischt gewesen, vor einem Geschöpf zu versagen, das so schön wie der Schöpfer selbst zu sein schien. Darüber sagen die Mystiker nichts, des Samens vorzeitiger Erguß scheint in ihrer Metaphorik nicht vorgesehen zu sein, so weit reicht die Vergleichbarkeit der unglücklich verlaufenden, weil durch äußere oder innere Störungen beeinträchtigten, abrupt endenden Ekstase, die doch vorgekommen sein muß, nicht einmal bei Baha-e Walad, der mit der Sakralisierung des Beischlafs zugleich den Ritus sexualisierte: »Man könnte sagen, daß du im Fußfall des Gebets auf einer Schönäugigen liegst und mit den Gebetsversen deine Lippen auf ihre preßt.« Dabei ist es mehr als gemein, man muß es schon arglistig nennen, daß gerade die höchste Erregung unterm Henkersbeil der frühen, allzu frühen Erfüllung liegt, die dadurch zum Gegenteil werden kann. Obwohl, in scheinbar anderen Zusammenhängen sprechen die Mystiker durchaus darüber, wenn sie vom Schrecken der Gotterfahrung berichten und vom Pfad, der so schmal sei wie eines Messers Schneide, links und rechts der Abgrund endgültiger Trennung – ist das Gehen darauf denn kein Balanceakt? Sie wissen, daß Gott die Dinge nicht so eingerichtet hat, wie es aus Sicht des Liebenden gütig oder auch nur günstig erschiene, sie kennen sogar die Arglist Gottes und haben darüber ganze Bücher geschrieben. Aber sie behaupten auch nicht, daß der Pfad von einem Jungen beschritten werden könne. Betritt er ihn doch, wird er schon bald kein Junge mehr sein, sondern gleich welchen Alters die Züge von Ata as-Salimi aufweisen, der seinen Zeitgenossen im 8. Jahrhundert wie ein »vertrockneter Schlauch« vorkam: »Er schien ein Mann zu sein, der nicht von dieser Welt ist«, berichtete einer, und ein andrer: »Wann immer ich ihm begegnete, flossen seine Augen über. Ich konnte ihn nur mit einer Frau vergleichen, die ein Kind verloren hat.« Wenn Ata die rituelle Waschung vollzog, zitterte und weinte er jedesmal heftig. Als man ihn darüber befragte, sagte er: »Ich will eine gewaltige Sache unternehmen: Ich will im Gebet vor Gott stehen.« Dem Jungen ging es eigentlich also noch ganz gut.

– 53 –

Dagegen sie – es gelingt mir nicht, vom Meerboden der Vergessenheit einen Gesichtsausdruck, eine Geste, einen Laut heraufzuholen, der ihre Empfindung anzeigte, als er das Gesäß endlich ruckartig nach vorn und nach hinten bewegte, wie er es in Filmen und einmal nächtens am Baggersee freilich viel stürmischer beobachtet hatte. Wahrscheinlich schon nach wenigen Sekunden – o Gott, rief er im Geist, und Scheiße, Scheiße, Scheiße – verlor er die Herrschaft übers Schamglied, das sich mit wenigen, mehr nachgereichten oder gar simulierten als notwendigen Stößen ergoß. Hatte er eben noch gemeint ihr Innerstes vollständig auszufüllen, ja zu erweitern, so schien er sich von einem auf den anderen Augenblick in der leeren Luft zu bewegen oder genau gesagt nicht zu bewegen, vielmehr einsam zu hängen wie ein abgeknickter, entblätterter Ast: nach der Ausdehnung die Einschnürung eben, *qabḍ wa-basṭ*. Daß ihre Lust einen Gipfel oder auch nur einen Vorsprung, eine Felsspitze, eines der oberen Stockwerke erreicht hatte, halte ich dreißig Jahre später für ausgeschlossen; damals jedoch, in der Nacht – beziehungsweise war es schon früher Morgen – in dem feuergelben Zimmer, beschäftigte es den Jungen ernsthaft, ob er sie nicht doch in Verzückung versetzt hatte. Schließlich wußte er nicht, woran die weibliche Verzückung zu erkennen war, und hatte seine eigene sich ebenfalls viel unscheinbarer gezeigt als in den Filmen und am Baggersee. Die Augen noch immer geschlossen, die Lippen ein wenig geöffnet, hielt sie ihn durch einen leichten Fingerdruck auf die Pobacken ab, sogleich aus ihrem Körper zu schlüpfen. Beinah unmerklich rollte sie außerdem ihr Gesäß in alle Himmelsrichtungen – vielleicht hatte sie es die ganze Zeit schon getan –, aber wirklich nur millimeterweise, nur so weit, daß wieder eine sanfte und für den Jungen irgendwie versöhnliche Reibung entstand, kein Wohlgefühl, das nicht, nur eine Reibung, nochmals eine neue Empfindung dadurch. Und dann muß ich wohl eingeschlafen sein.

– 54 –

Wach auf. Qualvoll pochte es gegen die Innenwände seiner Stirn; zugleich spürte er, als ob sie die Kopfschmerzen erahnt hätte, ihre Hand tröstend auf seinen Haaren. Wach auf, wir müssen zur Schule. Bereits angezogen, saß sie aufrecht am Rand der Matratze und hielt ihm mit der anderen Hand eine selbstgetöpferte Tasse hin. Ist schon spät. Er richtete den Oberkörper auf, nur um vom Pochen, das plötzlich von außen gegen die Stirn drückte, zurück aufs Kissen geworfen zu werden. Ihre Umrisse verschwammen, die feuergelben Wände schienen zu wanken. Nicht deshalb schloß er jedoch die Augen, vielmehr aus Sorge, sie mit einer Leidensmine zu vergraulen: das Eingeständnis, Alkohol und Haschisch nicht vertragen zu haben, hätte nur wieder seine Unbedarftheit offenbart. Du mußt aufwachen, es ist spät. So wild und gefährlich lebte sie also nicht, daß sie kurz vorm Abitur den Unterricht zu schwänzen bereit war. Konnte sie ihn nicht einfach liegenlassen und mittags zurückkehren, vielleicht mit Brötchen in ihrer wildledernen Tasche? Er würde vorher spülen und sie mit Kaffee empfangen, als wohnte er mit ihr. Mitten in die Überlegung, ob er es wagen dürfe, den Vorschlag zu unterbreiten, küßte sie ihn auf den Mund. Wach auf. Das war's, der Kuß. Als er jetzt die Lider hob, war er tatsächlich wieder bei Sinnen, sah ganz deutlich ihre Nase, die sich an der Spitze wie eine Sprungschanze leicht aufwärts bog, ihre gütigen Augen, die Haare, die ihr mit einem Scheitel auf die Stirn fielen, das Glitzern des Balsams auf ihren Lippen, sah auch die feuergelben Wände wieder gerade stehen. Es pochte weiter im oder von außen gegen den Schädel, das war ihm egal; fast schon genoß er den Schmerz als Folge, Ausdruck, gar als Trophäe der Herrlichkeit, die ihm mit dem Kuß endgültig zuteil geworden. Ja, ich komm schon, sagte er und schloß die Arme um ihren Hals, um sie auf die Matratze zu ziehen. Der Tee! rief sie lachend und ließ ihn gewähren. Der eine Flecken machte auf ihrem Teppichboden keinen Unterschied mehr.

– 55 –

In der Eingangshalle des Gymnasiums ließ er es nicht auf den Versuch ankommen, sie zum Abschied zu küssen, wartete nur gespannt, ob vielleicht von ihr eine Zärtlichkeit ausginge, bevor er klaglos in ihr Tschüs einwilligte. An der Schwingtür, die zum Trakt der Oberstufe führte, wandte sie sich mit einem Lächeln um, das genauso liebevoll wie mitleidig sein konnte – wußte er denn um ihr abschließendes Urteil über die Nacht, sein Zweifel schon beim Zähneputzen zurückgekehrt, das er mit dem Zeigefinger improvisiert? Noch hatte er sich nicht bis zur gegenüberliegenden Schwingtür geschleppt, da hörte er eine Stimme, vernehmbar eine Erwachsene, seinen Namen rufen: die Schulsekretärin, wie sich herausstellte, die ihn aufgeregt zum Rektor befahl. Gern wüßte ich, ob dieser mein Rektor noch lebt, ob er je in der Zeitung auf den Namen des Jungen gestoßen ist, seitdem seinen Weg verfolgt, womöglich seine Bücher gelesen hat, womöglich sogar dieses Buch liest, diesen Satz. Er wäre uralt jetzt, wirkte in seinen grauen, trotz seiner Magerkeit immer zu engen Anzügen schon vor dreißig Jahren wie dreißig Jahre zu spät, noch dazu kleinwüchsig, als sei er geschrumpft, seine Krawatten zu breit und sein Blick stets angestrengt streng. Zugegeben hatte er Grund, sich um den Jungen zu sorgen, der seit der Blockade des Verteidigungsministeriums zu den Problemfällen zählte und seine Eltern nun endgültig in den Wahnsinn zu treiben schien: Tränenerstickt hatten sie bei der Schule angerufen, um zu fragen, ob ihr Kind aufgetaucht sei. Aber fände der Rektor es im nachhinein nicht selbst komisch, daß er ihn bei offener Tür so laut anschrie, daß man es noch im Trakt der Oberstufe gehört haben müßte, daß er ihn als gewissenlos beschimpfte, ein weiteres Mal den Schulverweis ankündigte, mit dem Jugendamt drohte und einmal sogar die Hand zu einer Ohrfeige anhob, damit der Junge preisgab, wo und vor allem mit wem er die Nacht verbracht, mit welchen der älteren Schüler: Als ob ich nicht wüßte, so drang der Rektor mit fuchtelndem Zeigefinger auf den Jungen wie auf einen Schwerverbrecher ein, als ob nicht die ganze Schule wüßte, wo du seit neuestem die Pausen zubringst! Ja, bestimmt würde er über die Szene lächeln, die er bei noch so vielen Problemfällen nicht vergessen haben kann, und erst recht mit dem Kopf schütteln, wenn er sich die verfassungsfeindliche Konspiration ins Gedächtnis riefe, derer er den Jungen verdächtigte. Mir hingegen tritt beim Schreiben die Angst, die Wut und der Trotz so konkret ins Bewußtsein, als sei ich erst gestern der Junge gewesen. Und wie stolz bin ich noch dreißig Jahre später, daß er die Schönste nicht einmal unter Folter verraten hätte. Deren Werkzeuge malte er sich in den nächsten Tagen mehrfach noch aus und nahm den Rektor zum lebenden Beweis für die These, daß Pünktlichkeit,

Disziplin und Ordnung nur Sekundärtugenden seien. Daß der Junge, wie mir gerade einfällt, in seinen Phantasien so weit ging, sich in einem Konzentrationslager zu sehen, den Rektor als Schergen eines faschistischen Regimes und sich selbst sozusagen als Märtyrer der Liebe, ist allerdings eher kein Anlaß zu Stolz.

– 56 –

Damals war jeder, der eine andere Meinung über den sogenannten Doppelbeschluß, insgesamt über die atomare Aufrüstung oder sei es nur über die geplante Stadtautobahn vertrat, automatisch ein Faschist; ja, man hätte den Faschismus eben dadurch definieren können, daß seine Anhänger andrer Meinung waren als die jungen und nicht mehr so jungen Leute, die sich in der Evangelischen Studentengemeinde trafen oder hinterm Bahnhof ein Haus besetzten. Faschistisch waren somit auch alle, die den Umweltschutz als nachrangig behandelten, Ronald Reagan bewunderten oder das Recht auf Abtreibung bestritten. Ebenso galt die mangelnde Solidarität mit den Befreiungsbewegungen der Dritten Welt, speziell mit der Revolution in Nicaragua, als Ausweis einer faschistischen oder im gehobenen Sprachgebrauch, dessen sich der Junge befleißigte, einer faschistoiden Gesinnung. Einzig die Revolution im Land seiner Lieblingslektüren hatte den Jungen vor ein Definitionsproblem gestellt, da sie einerseits gegen den Imperialismus gerichtet, also entsprechend antifaschistisch war, andererseits mit ihren Massenhinrichtungen und Kindersoldaten offensichtlich das Gebot der Gewaltfreiheit verletzte, das aus seiner Sicht doch ebenfalls zwingend zum Antifaschismus gehörte. Daß die südamerikanischen Revolutionäre ebenfalls Waffen trugen, fiel ihm meiner Erinnerung nach nicht einmal als Widerspruch auf, oder wenn, dann wurde der Widerspruch von den friedlich aussehenden Baskenmützen der Guerilleros und den Liebesgedichten von Ernesto Cardenal aufgehoben, die er in der Obstkiste aus dünnem Sperrholz entdeckte. Überhaupt fand er das Argument, daß Hitler nicht von einer Friedensbewegung besiegt worden wäre, so abwegig wie die Gewissensfrage an Wehrdienstverweigerer, ob sie auch dann keine Waffe anrührten, wenn ihre Freundin im Wald vergewaltigt würde. Faschistisch oder jedenfalls schwer im Faschismusverdacht waren indes nicht nur politische Ansichten, die sich von ihren unterschieden, sondern auch Lebensideale, die bürgerliche Familie als solche, Profitdenken, Karrierebewußtsein und Mercedes-Benz Limousinen, deren Sterne der Junge nächtens aus den Kühlerhauben brach, genauso bestimmte Musikrichtungen, der deutsche Schlager etwa. Als hätte es 1968 nie einen Aufstand gegeben oder als sei die Studentenrevolte erst jetzt in ihre Stadt eingekehrt, standen überdies auch Eltern, per se Alte genannt, unter dem Vorbehalt, sich nicht tiefgehend mit ihrer, und sei es mit Blick auf ihr Geburtsjahr: nur tiefenpsychologischen Verstrickung in den Faschismus auseinandergesetzt zu haben (Psychologie war überhaupt die neue Religion), dabei konnten seine Eltern, die aus dem Land seiner Lieblingslektüren eingewandert waren, nun wirklich nicht die Schuld für Hitler tragen, Hitler verdrängen oder Hitler im Inneren bewältigen. Von ihnen als den Alten zu sprechen, brachte er immerhin nicht über die Lippen. Nicht zuletzt wurde die Mode politisch zugeordnet. Gerade in ihrer pietistisch geprägten Stadt, wo selbst die Jugendlichen noch häufig mit Seitenscheitel und Bundfaltenhose, mit Zöpfen und knielangen Röcken vors Haus traten, wäre wohl ein Großteil der Einwohner nur aufgrund ihrer Kleidung zu potentiellen oder tatsächlichen Faschisten erklärt worden, wenn Heinrich Böll und andere Heroen der Friedensbewegung aus der älteren Generation das Heereslager in Mutlangen nicht in denselben spießigen Hosen und Röcken blockiert hätten. Für graue, zu enge Anzüge und breite Krawatten konnte es indes keine Entschuldigung geben, und wer sich der Liebe, seiner großen Liebe in den Weg stellte, mußte sowieso ein Nazi sein. Laß dich nicht von unseren gebogenen Rücken täuschen, murmelte der Junge einen Lieblingsvers von Hafis, als er zitternd vor Aufregung das Büro des Rektors verließ: der Bogen könnte auf dein Auge zielen.

– 57 –

Von seinem verzweifelten Vater und allen Verwandten nach Mekka gebracht, damit er Gott bitte, ihn von seinem Liebeswahn zu befreien, weinte Madschnun erst, dann lachte er, schnellte abwechselnd hoch und vorwärts wie der Kopf einer aufgeringelten Schlange, schlug mit den Fäusten aufs Tor der Kaaba und schrie: »Ja, ich habe mein Leben der Liebe verkauft – ich bin es –, und möge ich niemals aufhören, ihr Sklave zu sein! Sie sagen mir, ich solle mich von der Liebe trennen, weil dies der Pfad der Genesung sei, aber ich bekomme Kraft, bekomme Gesundheit durch die Liebe allein, und stürbe die Liebe, dann stürbe ich mit ihr. Meine Natur ist der Zögling der Liebe! Mein Schicksal ist nichts als die Liebe! Wehe dem Herzen, das leer ist von Liebe! Drum bitt ich Dich, o Herr, und flehe Dich bei der Göttlichkeit Deiner Gottnatur an: Laß die Liebe immerfort wachsen in mir, laß sie dauern, mag ich auch selbst vergehen! Gib mir zu trinken von diesem Quell, und laß niemals mein Auge dieses Licht verlieren! Bin ich vom Liebeswein berauscht, mach mich viel trunkener noch. Sie sagen mir, ich solle in meinem Herzen das Verlangen nach Leila löschen – ich aber bitte Dich, Herr, ich flehe Dich an: Laß wachsen meine Sehnsucht nach Leila! Nimm von meinen Lebenstagen, was immer da ist, und füge sie dem Dasein von Leila hinzu!

Mich aber laß kein Haar je von ihr fordern, auch wenn mich das Leiden so dünn wie ein Haar macht. Sie soll mich strafen und züchtigen, wie immer sie mag. Nur ihr Wein fülle stets meinen Becher, und mein Name erscheine niemals ohne ihr Siegel. Mein Leben sei ihrer Schönheit zum Opfer gebracht, mein Blut werde ungestraft für sie vergossen, und wenn ich auch in Qual um sie wie die Kerze verbrenne, so soll doch kein einziger meiner Tage jemals ohne diese Qual sein! Laß mich lieben, o Gott, lieben allein um der Liebe willen, und mache diese Liebe hundertmal, tausendmal, noch unendlich viel größer, als sie schon war und jetzt ist!«

– 58 –

Der Junge gedachte durchaus seiner Eltern und wollte ihren Sorgen keine weitere hinzufügen, als er sich, statt ins Klassenzimmer zu trotten, zurück zu den Fahrradständern stahl. Er beruhigte sich damit, daß der Rektor sie angerufen hatte, sie also um sein Wohlergehen wüßten. Bis zum Nachmittag, spätestens bis zum Abend wäre er wieder zu Hause und nähme für seine Liebe das Donnerwetter gern in Kauf. Jetzt war es ihm jedenfalls unmöglich, am Unterricht teilzunehmen, als sei nichts gewesen – so viel war schließlich gewesen, so viel mehr als jemals zuvor in seinem Leben, die Nacht mit ihren Finsternissen und Sternstunden, schon der Abend zuvor in der Kneipe in fiebriger Erwartung, der Nachmittag in nie gekannter Bange, am Flußufer das schwarze Licht hinter geschlossenen Lidern und jetzt auch noch die, ja, wie sollte er es anders nennen?, Folterandrohung nun nicht, aber Gewaltandrohung allemal, die ganze Achterbahn der letzten vierundzwanzig oder genau gesagt, also ab der zweiten großen Pause gerechnet, einundzwanzig Stunden – und jetzt Mathematikaufgaben lösen? Auf dem Weg zum Bahnhof kaufte er rote Rosen für die Schönste, dazu Sekt, Brötchen, Käse und Nutella für die Wohngemeinschaft. Als endlich ein Hausbesetzer auf das Sturmklingeln reagierte, rief der Junge zum Fenster hoch, daß er wegen seiner politischen Aktivitäten aus der Schule geflogen sei, nicht zu seinen Alten könne, wahrscheinlich von den Bullenschweinen gesucht werde und nicht wisse wohin. Das waren vier glatte Lügen auf einmal, das Überschlagen der Stimme dabei durchaus gewollt, Hauptsache, daß sich die Tür für ihn öffnete, die Tür zu ihrem Matratzenlager, das er am Morgen niemals hätte verlassen dürfen. Na, komm erst mal hoch, murmelte schlaftrunken der Hausbesetzer.

– 59 –

Selbst dreißig Jahre später ist es mir etwas peinlich zuzugeben, daß der Junge niemals zuvor gespült hatte. Zu Hause spülte grundsätzlich die Mutter, oder wenn, dann half die Schwester aus, niemals ein Mann. So waren die Verhältnisse nicht nur bei ihnen, die aus einem anderen Land stammten, sondern bei den Klassenkameraden ebenso, deren Mütter sämtlich den Haushalt besorgten. Ich vermag nicht zu beurteilen, ob die strikt patriarchalische Aufteilung der Aufgaben in ganz Westdeutschland üblich oder den besonderen religiösen Verhältnissen seiner Stadt geschuldet war; vielleicht hatte sie auch mit der bürgerlichen Schicht zu tun, der fast alle Gymnasiasten angehörten. Nur muß man sich diesen Hintergrund dazudenken, um die Wucht zu begreifen, mit der hinterm Bahnhof die Ordnung der Geschlechter durcheinandergewirbelt wurde. Es war eine Zeit oder jedenfalls ein Milieu, in dem Männer an sich etwas Verbrecherisches, man konnte durchaus sagen: Faschistisches hatten, gleichsam eine Urschuld an allem, erst recht an den Kriegen, entsprechend an der atomaren Aufrüstung und gegebenenfalls am Weltuntergang, der wegen des sogenannten Doppelbeschlusses unmittelbar drohte. Es gab einen Bestseller, den alle, wirklich alle gelesen hatten, *Tod eines Märchenprinzen* hieß er, was auch nicht origineller als der Titel meines Tagebuchs klingt. Autobiographisch erzählt die Autorin von einem Mann, der ihre Liebe nicht so erwidert, wie sie es sich wünscht, weshalb er sie nicht bloß verletzt hat oder meinetwegen ein Idiot ist, sondern das Männliche als solches schweinisch verkörpert, und auf der letzten Seite ist ein Photo abgebildet von seiner Haustür oder seinem Fenster, mit Angabe der Adresse vielleicht sogar, darauf der Graffito: »Hier wohnt ein Frauenfeind«. Das saß! Obwohl der Junge noch nie die Möglichkeit gehabt hatte, eine Frau zu enttäuschen, fühlte er sich geradeso angesprochen und irgendwie überführt wie jene Frauenfreunde, die zum Pinkeln selbst dann in die Hocke gingen, wenn weit und breit kein Klo zum Verschmutzen da war. Also machte er sich, als der Hausbesetzer sich nach der Begrüßung sofort wieder schlafen gelegt hatte, an die Arbeit und begann das schmutzige Geschirr abzutragen, das sich beidseits der Spüle und auf dem Küchentisch stapelte. Die Ordnung der Geschlechter schien in der Wohngemeinschaft nur so weit durcheinandergewirbelt, daß auch die Frauen sich nicht an der Hausarbeit beteiligten. Es war sein Glück: Als die Schönste nach Schulschluß in die, ich will nicht sagen: blitzblank geputzte, aber ungewohnt saubere und aufgeräumte Wohnung trat, als sie den Küchentisch erblickte, der für ein zweites Frühstück gedeckt war, die Kerzen, die ungeachtet der Tageszeit in den Flaschenhälsen tanzten, dazu der Strauß kniehoher Rosen, für den er keine andere Vase gefunden hatte als einen

Eimer aus Plastik, als sie den Jungen fröhlich unter ihren Mitbewohnern antraf, die bei ihrer Ankunft den Sekt aus dem Kühlschrank holten – da hat sie ihn vor der Küchenrunde lang auf den Mund geküßt und ihn nach dem Frühstück wieder mit in ihr Zimmer genommen, um sich bis zum Abend nicht mehr blicken zu lassen. Aber gehört hat's jeder!

»Wenn die Liebesleidenschaft sich im Akt erfüllt, atmen die Liebenden wohlig ineinander«, schreibt Ibn Arabi in seinen *Mekkanischen Offenbarungen*, »und tiefe Seufzer lassen sich hören, der Atem strömt in der Weise aus, daß er im Liebenden das Bild des Geliebten formt.« Über die Abfolge der Laute, die nicht bloß in der Küche, ach was!, die noch am Bahnhof zu hören gewesen sein müssen, schreibt er, daß der Buchstabe *hamza*, der im Arabischen den Glottisschlag zwischen zwei Vokalen eigens bezeichnet (im Deutschen: be-achten, Theater und so weiter), sowie das *hā'*, das für ein gehauchtes /h/ steht, die beiden Konsonanten seien, deren Entstehungsort am tiefsten liege, nämlich in unmittelbarer Nachbarschaft des Herzens. »Zugleich gehören sie zu den ersten sogenannten Kehllauten, genauer gesagt den Brustlauten, denn das *hā'* und das *hamza* sind die beiden Konsonanten, die ein atmendes Wesen bereits im Naturzustand bildet. Das tiefe Seufzen, das aus den Liebenden dringt, ist so direkt mit dem Herzen verbunden, das der Ort ist, an dem der Atem in Bewegung gesetzt wird und wo er sich ausbreitet.« Über das Küssen schreibt er: »Wenn zwei Liebende sich innig küssen, dann atmet jeder den Speichel des anderen, der in ihn eindringt. Der Atem des einen verbreitet sich somit beim Küssen oder Umarmen im anderen, und was so ausgeatmet wird, geht jedem der beiden Liebenden durch und durch.« Über den Ursprung des Atmens schreibt er: »Wenn der Liebende, den Umständen entsprechend, eine Gestalt annimmt, liebt er zu stöhnen, denn in diesem ausströmenden Atem verläuft die Bahn der erstrebten Lust. Dieser tiefe Atem entwich der Quelle der göttlichen Liebe und geht durch die Geschöpfe hindurch, denn damit wollte der Wahrhaftige sich ihnen offenbaren, auf daß sie Ihn erkennen.« Dazu muß man wissen, daß das Arabische die Wörter »Seele« (*nafs*), »Atem« (*nafas*) und eben auch »tiefes Seufzen, Stöhnen« (*tanaffus*) aus einer einzigen Wurzel herleitet, *nafusa*, und im Bewußtsein des Sprechenden wie des Hörenden untrennbar verbindet. Ähnlich gehören *raḥmān* und *raḥim* zusammen, »barmherzig« und »Gebärmutter«, *dhikr* und *dhakar*, Gottgedenken und Penis, allerdings auch *kalām* und *kalm*, »Wort« und »Schmerz«. Über die Ekstase schreibt – nein, nicht Ibn Arabi, schreibt dessen Zeitgenosse Schehaboddin Sohrawardi, der 1191 im Kerker von Aleppo starb: »Sie besteht darin, daß das Ich sein eigenes Wesen nicht mehr wahrnimmt, weil es zu tief in der Wahrnehmung des Gegenstands seines Entzückens versunken ist. Wenn es das Bewußtsein von allem außer seinem Geliebten, auch vom Entwerden, verloren hat, dann ist dies Tilgung und Auslöschung.«

– 61 –

Mit Rücksicht auf den häufig genug revidierten Plan, der für die Verzweiflung jetzt nur noch dreißig Seiten vorsieht, sollte ich stracks zum »Bleiben im Entwerden« übergehen, das nicht bloß zeitlich länger anhält, wie es die gängige Bezeichnung des Zustands schon sagt, sondern sich soviel reicher, aufwühlender, ich möchte schreiben: umstürzlerischer erweist als die Vereinigung selbst. Nur ist mein Sohn heute fünfzehn Jahre alt geworden, und ich frage mich, frage mich nach dem morgendlichen Scharmützel selbst an seinem Geburtstag um so dringlicher, ob der liebestolle Junge, der in der Hoffnung, daß seine Eltern schon schliefen, so leise wie möglich den Schlüssel im Schloß der Haustür umdrehte, bei Tageslicht betrachtet genauso ein Kotzbrocken war. Gestern wieder: Meldet sich den ganzen Tag nicht, geht nicht ans Handy, beantwortet meine SMS nicht, bis ich ihn abends um zehn endlich die Wohnungstür öffnen höre; ich eile in den Flur, um meinen Sohn trotz allem freundlich zu begrüßen, als er mit einem mehr gestöhnten als gerufenen Hi! bereits in seinem Zimmer verschwunden ist; ich trotte hinterher, möcht ihn doch wenigstens fragen, wie es ihm gehe, wo er gesteckt habe, ob er hungrig sei, und werde nach dem ersten Halbsatz barsch unterbrochen, ich solle die Tür hinter mir schließen, wie oft müsse er es mir noch sagen, damit nicht die Wärme aus dem Zimmer weicht. Du Weltenretter! höhne ich, wenngleich nur in Gedanken, damit wenigstens sein bevorstehender Geburtstag von keinem Streit getrübt werde, verkneife mir also den Hinweis, daß die Zimmertür grundsätzlich offenstünde, die Heizung grundsätzlich aufgedreht sei, wenn er die Wohnung verläßt, sehe ebenso übers Handtuch hinweg, das grundsätzlich auf dem Boden liegt, nachdem er es einmal benutzt hat, vermeide überhaupt alles Grundsätzliche und unterlasse schon gar den Tadel, daß er ja doch nur an seine eigene Behaglichkeit denke, wo ich als Fünfzehnjähriger die Welt zu retten versucht hätte, auf *youtube* könne man's heute noch sehen. Mehr schlecht als recht bewältigen wir den restlichen Abend: Beide Ellbogen auf dem Tisch, verspeist er, ohne aufzublicken, das Mittagsessen, das ich ihm aufgewärmt, beantwortet selbst jene Fragen mit ja oder nein, die mit Wie oder Warum beginnen, und greift schließlich nach der Zeitung, die ein oder zwei Stühle neben ihm liegt; ein oder zwei Minuten schaue ich konsterniert zu, wie er den Sportteil liest, bevor ich aufstehe und in meinem Arbeitszimmer verschwinde: Bitte stell deinen Teller selbst in die Spülmaschine. Eine halbe Stunde später, möcht ihm doch wenigstens gute Nacht wünschen, sehe ich durchs Schlüsselloch, daß er schon das Licht ausgeschaltet hat, und traue mich nicht in sein Zimmer. Ist es wegen eines Mädchens? überlege ich und gewinne die Fassung zurück, indem ich auf den bisherigen sechzig Seiten nachlese, wie ich selbst zum ersten Mal groß geliebt. Als ich ihm vorm Schlafengehen den Schokoladenkuchen backe, den er so gern ißt, bin ich längst wieder zärtlich gestimmt, schließlich ist er mein Sohn, das Alter so schwierig, die Eltern geschieden, seine Zuhause nach Wochentagen geteilt, auch noch am Morgen, da ich ein paar Minuten früher als üblich aufwache, um dem Geburtstagskind ein Müsli aus exotischen Früchten zuzubereiten, dazu frischgepreßten Saft. Ich bin zu spät! schnauzt er mich an, als er mir im Flur entgegenschlurft, und erklärt auf meine verblüffte Nachfrage, daß er sich zum Frühstück bei *Starbucks* verabredet habe, deshalb ein paar Minuten früher als üblich aus dem Haus gehe. Warum erfahre ich jetzt erst davon? belle ich zurück und verweise auf den schön hergerichteten Tisch mitsamt dem Schokoladenkuchen, den er so gern äße. Schon eine Replik später brüll ich so laut wie Madschnun an der Kaaba. Aber ist das nicht auch eine Art Narrheit, welche die Liebe hervorruft, daß man morgens um sieben im Wohnungsflur wegen eines Schokoladenkuchens nicht etwa nur streitet, sondern sich aus voller Kehle die übelsten Schmähungen entgegenschleudert und einander noch mindestens eine Minute blinkend vor Zorn in die Augen starrt, sich dabei oder jedenfalls ich mich zusammenreißen muß, um nicht handgreiflich zu werden? Hätte mich jemand gesehen, mich heimlich gar gefilmt, hätte die Nahaufnahme meines Gesichts auf *youtube* gepostet – alle Welt hätte mich für verrückt erklärt, von bösen Dämonen besessen oder, wenn die Kamera auf den Schokoladenkuchen schwenken würde, für vollkommen lächerlich. Es ist ja überhaupt noch nie, soweit ich sehe, eine Große Liebe aus der Perspektive der Eltern erzählt worden, der Eltern des Jungen oder des Mädchens, die dann bestimmt nicht mehr als Helden erschienen wie Leila und Madschnun. Vielleicht werd ich in dreißig Jahren über den Mann schreiben, den Vater, der bei Tageslicht betrachtet viel größer geliebt. Der Sohn wird dann selbst ein Mann sein, so Gott will ein Vater. Nicht einmal die Geschenke hatte er angerührt, als er heute morgen die Wohnungstür hinter sich zuschlug.

– 62 –

Der Junge hatte die Tür erst einen Spalt geöffnet, als sie schon von innen aufgerissen wurde und sein Vater sich mit der Frage vor ihm auftürmte, wo er seit gestern mittag gewesen sei, vor allem: bei wem, mit wem er die Nacht verbracht habe: Und wie du aussiehst! Die Mutter, die hinzutrat, erkundigte sich immerhin auch nach dem Befinden des Jungen und ob sie ihm das Essen aufwärmen solle. Nicht einmal die Bademäntel hatten sie sich übergezogen, waren aus dem Bett direkt zur Tür gestürmt, im Haar der Mutter Lockenwickler. Während die Eltern gleichzeitig auf ihn einredeten, fiel dem Jungen nur auf, daß der samtglänzende Pyjama des Vaters in Farbe und Muster den indisch anmutenden Decken ähnelte, unter denen er sich noch keine Stunde zuvor an die Schönste der Schöpfung geschmiegt. Dafür sehen seine ledernen Pantoffeln irgendwie faschistisch aus, dachte der Junge, der die Augen nach einem kurzen Blick ins wutschnaubende, ja vor Erregung gleichsam dampfende, rauchspeiende Gesicht auf den Boden heftete. Ohne sie also zu sehen, registrierte er wohl, wie aufgewühlt die Eltern waren, muß ihre Worte gehört, kann ihre Sorgen nicht für ganz abwegig gehalten haben, und war doch wie durch eine Glaswand von ihnen getrennt. Sie hatten keine Macht über ihn, das spürte der Junge genau, während er die ledernen Pantoffeln betrachtete, nicht einmal der Vater, der jede Schraube drehen und jedes Marmeladenglas öffnen, der jähzornig werden und auch weinen, der niemals ermüden und selbst im Urlaub keine Minute stillsitzen konnte, nicht einmal sein stolzer, starker, ruheloser Vater hatte mehr Macht über ihn. Denn was könnte er schon tun, dachte der Junge und blickte dem Vater nun doch in die Augen, die sich augenblicklich einzutrüben schienen, was kannst du schlimmstenfalls tun, mir das Taschengeld streichen, na und!, mich schlagen, nur zu!, mich aus dem Haus schmeißen, gern! Früher als erwartet, nach fünf oder zehn Minuten, sofern der Junge die Zeit annähernd richtig bemaß, war er in sein Zimmer entlassen. Weder die Drohung des Vaters, die sich darin erschöpfte, ihn den Rest der Woche einzusperren, nötigenfalls nicht einmal zur Schule Ausgang zu gewähren, noch die Tränen der Mutter, die ihn unter Drogen wähnte, hatten ihm auch nur eine Silbe übers Arkanum entlockt. Soll er doch, sagte in Gedanken der Junge, der sich, ob der Anmut unter den indischen Decken noch immer euphorisch, auf sein eigenes Bett warf; soll er mich doch einsperren, der Alte wird schon kaum die Fenster vergittern. Sterben würde der Junge im Kerker also nicht.

– 63 –

Als er sich in der ersten der beiden großen Pausen auf den Weg in die Raucherecke machte, bewegte den Jungen nichts mehr als die dreißig Jahre später so nebensächliche Frage, ob die Schönste sich nicht nur am Flußufer oder in der Kneipe, sondern auch auf dem Schulhof zu ihm bekennen würde. Er selbst hatte ja kaum ein Bewußtsein von sich selbst, begriff noch lange Zeit nach der Trennung nichts; ich jedoch glaube, daß sich daselbst wieder die Ichsucht regte, so früh und von der Schönsten vorerst unbemerkt, die selbst der Größten Liebe zum Verhängnis werden kann. Er hätte nur fortfahren sollen wie zuletzt, beseelt und dankbar dem Himmel, ohne sie je zu bedrängen, hätte zwischen die breiteren Rücken zurückkehren und ihr meinetwegen zärtlich verschworene Blicke zuwerfen sollen – was hätte er sich vergeben? Statt dessen setzte er sich in den Kopf, sie, wenn schon nicht zu küssen, nicht zu umarmen, nicht einmal ihre Hand zu halten, sie wenigstens zu begrüßen, sich neben sie zu stellen und so vertrauensvoll mit ihr zu sprechen, daß alle Abiturienten die Verbindung erahnten, die den Namen Liebe verdiente. Hätte er doch nur von jenem Liebenden Attars gelernt, der, weit davon entfernt, sich vor anderen mit der Geliebten zu zeigen, sie nicht einmal selbst sehen wollte. »Warum nicht?« wurde er gefragt. »Mir ist diese Schönheit zu erhaben, als daß einer wie ich sie anschauen dürfte«, gab der Liebende zur Antwort. Wie gesagt, in dieser Pause bemerkte die Schönste die Ichsucht des Jungen noch nicht: Bevor er sie überhaupt begrüßen konnte, deutete sie mit dem Kopf in Richtung eines Lehrers, der zu den strengen gehörte. ESG! rief sie dem Jungen so leise zu, daß er die Sigle gerade noch verstand, die magischer war als je eine Kabbala: Heute abend würde er sie in der Evangelischen Studentengemeinde antreffen. Ihre Zahnlücke für ein Lächeln preisgebend, wandte sich die Schönste den anderen Abiturienten zu. Dschunaid, der angesehenste Mystiker Bagdads an der Wende zum 10. Jahrhundert, wollte sich sogar Gottes Befehl widersetzen, um Gott nicht zu sehen: »Wenn Er mir befiehlt, ich solle Ihn anschauen, werd ich erwidern: Ich schaue Dich nicht an!, weil in der Liebe das Auge Nichtgöttliches, Gottfremdes ist.«

– 64 –

War sie wirklich so schön? Harun ar-Raschid hatte von der Liebe Madschnuns gehört und wünschte die Sagenhafte einmal zu sehen. Als Leila in den Palast geführt wurde, fand der Kalif sie hübsch, jedoch nicht außergewöhnlich. Er rief Madschnun und sagte: »Die Leila, die dich um den Verstand gebracht hat, ist ja gar nicht so schön! Ich will dir Hunderte bringen, die schöner sind als sie.« Da erwiderte Madschnun: »Die Schönheit Leilas hat keinen Fehler, aber deine Augen sind fehlerhaft. Um ihre Schönheit zu erkennen, bedarf es zweier liebender Augen, wie ich welche habe.«

– 65 –

Anstelle der Friedensbewegung versammelte sich diesen Abend die personell weitgehend identische Bürgerinitiative zur Verhinderung der Stadtautobahn in der Evangelischen Studentengemeinde, wobei Bürgerinitiative als Eigenbeschreibung insofern kurios war, als die jungen Leute mit ihren dezidiert ungekämmten Haaren und vielfarbigen Pullovern gerade nicht den Eindruck des Bürgerlichen erweckten. So demonstrierten die Männer die Ablehnung der herrschenden Geschlechterordnung mit ihren Stricknadeln, während die Frauen der sexuellen Ausbeutung durch die Unförmigkeit ihrer Latzhosen widerstanden. Das ökologische Gleichgewicht der Erdkugel wurde auf orthopädisch ausgewuchteten Fußbetten bewahrt, der Vorzug des Natürlichen mit naturfarbenen Wollsocken demonstriert, die Vorherrschaft des rationalen Kalküls durch den kontinuierlichen Verweis aufs eigene Gefühl bestritten. Einige trieben den Trotz gegen den Zeitgeist so weit, daß sie barfüßig auch der Jahreszeit trotzten. Als der Junge in seiner Ungeduld eine halbe Stunde vor Beginn der Versammlung eintraf, war der Tagungsraum noch verschlossen, hinter den Fenstern nirgends Licht. Mit ausgestreckten Beinen, halb liegend im Eingang gelehnt, tagträumte er, daß als nächstes die Schönste der Bürgerinitiative einträfe, ihr Herz vor Ungeduld ebenso rasend, und die beiden sich mit einem bloßen Kuß darauf verstünden, heute abend nicht die Welt zu erretten; wenn sie dann Richtung Bahnhof führen, liebkosten sich ihre Hände auf der Knüppelschaltung, ganz klassisch, nur daß hinter ihrem Steuer emanzipiert die Frau säße. Worte wären nicht nötig, im Gegenteil: Das Schweigen steigerte noch die Erregung, so daß sie vielleicht an einer der vielen dunklen Stellen ihrer Stadt anhielten, einer Lieferanteneinfahrt oder einem Kundenparkplatz, um so stürmisch übereinander herzufallen, wie er es in Filmen und einmal am Baggersee beobachtet. »Jedermann hat einen Teil an Gott erhalten und schläft in jedem Winkel Ihm bei«, hätte Baha-e Walad als Schauplatz der Liebe auch einen Opel Ascona gelten lassen: »Wo immer die jungen Frauen mit ihren jungen Gatten piepsen, zittern sie unter Gott.« Ich hoffe es nicht, aber will's auch nicht ausschließen, daß der Junge, der sich tagträumend im Eingang der Evangelischen Studentengemeinde fläzte, seine Finger zum oder sogar – nein, das nicht, das bitte nicht – in den Hosenschlitz geführt hatte, als jemand ihn ansprach, der sich leider nicht als die Schönste entpuppte. Vor ihm stand der dicke, bärtige Mann im Alter seines Vaters und hielt wieder wichtig seine Zettel, Residuum inzwischen also schon des vorvorletzten Protests. Tut mir leid! fuhr der Junge hoch und schloß, wenn er denn offenstand, bestimmt den Schlitz seiner Hose. Ach, nicht so schlimm, beruhigte ihn der Wichtigtuer und meinte die Blockade des Verteidigungsministeriums.

– 66 –

Ich möchte noch einmal auf den kleinen Tod zurückkommen, wie der Orgasmus so sprechend genannt wird. Im Seufzen der sexuellen Verzückung, so kann man, so muß man Ibn Arabi verstehen, im Seufzen, das zugleich ein Stöhnen ist, atmet Gott durch die Liebenden hindurch. Er ist, christlich vergleichbar nur dem Vorgang der Eucharistie, physisch im Menschen gegenwärtig. Eben hier endet auch schon die Analogie, die vor dem Sufismus bereits die Bibel zwischen der jugendlichen Verliebtheit und der religiösen Liebe herstellte, wobei die Religionen die Hingabe an Gott am Beispiel der körperlichen Vereinigung anschaulich machen, ich hingegen umgekehrt auf die religiöse Erfahrung mich beziehe, um eine ganz weltliche Liebe zu verstehen. Ihnen geht es um den Schöpfer, mir ums Geschöpf. So gern ich den Jungen verkläre, der zum ersten Mal geliebt, steigerten seine eigentlich sinnlichen Eindrücke eher die Verheißung, als daß sie ihm Erlösung beschert hätten. Es gelang ihm einfach nicht, oder wenn, nur für Momente, seinen Verstand stillzustellen, der einzuordnen versuchte, was sich der Sprache entzog, und die Frage noch im Samenerguß aufwarf, was als nächstes zu tun sei. Wenn Baha-e Walad sagt, daß man viel lernen müsse, »bis man weiß, daß man nichts weiß«, läßt sich das durchaus auf die körperliche Vereinigung beziehen, deren erste vielleicht aufregender ist als in späteren Jahren, jedoch nur in seltenen, statistisch gesehen vielleicht sogar prophetischen Fällen bereits den vollen Geschmack enthält. Wie für das religiöse ist auch für das sexuelle Erleben Übung, Körperkontrolle, wiederholte Praxis hilfreich – die Mystiker würden betonen: notwendig, und beständiges Gottgedenken, Rituale, das Studium von Büchern unterschiedlichster Wissensgebiete, überhaupt die Erfahrung der Welt und persönliche Reife hinzufügen –, damit sich der Liebende im Geschehen verliert wie der chinesische Maler im eigenen Bild. Die Ekstase wird ja nicht einfach nur als etwas Unfaßbares erlebt, sondern ist eine bewußt herbeigeführte Sprengung der Urteilskraft. Ohne über seine Handlungen nachzudenken, die dennoch präzise ausgeführt werden, auf alle Impulse im Höchstmaß, nein: außergewöhnlich sensibel reagierend, gibt sich der Liebende dem Geliebten hin, unterwirft sich seinem Willen – Islam bedeutet wörtlich übersetzt nichts anderes: »Hingabe«, so daß Muslim als Partizip aktiv derjenige ist, der sich Gott hingibt: »Er liebt sie, und sie lieben Ihn«, heißt es in Sure 5,54, die in den Lieblingslektüren des Jungen zu den meistzitierten gehört. Vergleichbar einem Virtuosen in der Improvisation, der sich in eine musikalische Struktur versenkt, sich ihren Formgesetzen bis zu dem Grade unterwirft, daß er nur noch Auszuführender zu sein meint – die Musik spielt sich selbst –, ist auch der Liebende in der höchsten Verzükkung nur noch Erleben: Obwohl er den Vorgang doch in jeder Zehntelsekunde selbst steuert, nimmt er weder links noch rechts etwas wahr, wird sozusagen eins mit der Situation und vergißt sich so weit, daß er nicht mehr Ich und Du unterscheidet. »Ich bin der, den ich liebe, und den ich liebe, ist ich«, erklärte Mansur al-Halladsch, bevor man ihn 934 in Bagdad ans Kreuz schlug: »Es gibt auf der Welt kein anderes Ich als meins.« Der Himmel auf Erden ist es, wo es dem anderen, dem oder der Geliebten genauso ergeht, wo beide nichts mehr wollen, nur noch gewollt werden – aber: von wem? Genau hier ist die Stelle, wo in der Mystik von Gott und in neueren Literaturen von der Auflösung der Personalität gesprochen wird, »Friede! Friede!«, bei Freud das ozeanische Gefühl oder ebenjener Tod, der vielleicht mikroskopisch klein anmutet angesichts der prophetischen Forderung und doch ein echter ist: Stirb, bevor du stirbst. Bei aller Verklärung war der Junge weit entfernt von der Auslöschung, die, aufs Körperliche bezogen und meinetwegen beschränkt, jedem Menschen zuteil werden kann, nicht nur den Heiligen. Allenfalls hat er zum ersten Mal geahnt und vielleicht in einer Zehntelsekunde zwischen zwei Gedanken erfahren, daß man tatsächlich etwas anderes sein kann als immer nur ich. Wie oft wird die Schönste ihm überhaupt Einlaß gewährt haben in ihr Matratzenlager? Noch zwei-, höchstens dreimal, dann kam sich der Junge schon wie das lästige Tier vor, das vor die Tür gesetzt ward, wie der Hund, den der

Mensch mit Steinen bewirft, damit er sich aus der Gasse verzieht. Auch wenn das nur seine Wahrnehmung war und sie keineswegs so rational kalkulierte, wie ihr der Junge vorwerfen sollte – allein schon ihre Unvernunft, sich auf ihn einzulassen, der noch zu jung für die Raucherecke war –, kann sie nicht gleichermaßen von Sinnen gewesen sein, ging nach der Versammlung der Autobahngegner noch ein Bier mit ihm trinken, aber setzte ihn zum Schlafengehen zu Hause ab, hatte bei aller Aufgeregtheit die morgige Schule im Blick, ihr baldiges Abitur und selbst seine Eltern, an die er am allerwenigsten dachte. So ungern ich es mir eingestehe, war sie seine Große Liebe, nicht er ihre. Oder hat sie ihn etwa auch bei Tageslicht geliebt?

– 67 –

Das vermeintliche Kalkül, das er ihr später vorhalten sollte, um sich in der Verlassenheit irgendwie, und sei es mittels einer herbeibeschworenen Empörung, morgens aufzuraffen – vergeblich natürlich, keiner seiner Vorwürfe minderte je sein Verlangen –, genau ihre vorgebliche Gefühllosigkeit also pries er als Reife und Überlegtheit, solange sie ihm wohlwollte. Wäre es nach ihm gegangen, hätte er sie nach der Versammlung der Autobahngegner nicht nur ins besetzte Haus begleitet, sondern wäre in der Nacht selbst zum Hausbesetzer geworden, der die Schule aus einem einzigen Grund noch besucht hätte, um die großen Pausen mit ihr zu verbringen. Kein Witz: Selbst über einen Heiratsantrag dachte er nach, während in der Evangelischen Studentengemeinde der Ablauf der Demonstration erörtert wurde, die er, versprochen!, nicht wieder vermasseln würde – sofern er, sofern sie beide überhaupt noch in der kleinen Stadt lebten: Da er schon einmal die Heirat erwog, überlegte er auch konkret, wie und vor allem wo sie schnell und heimlich vollzogen werden könnte, ob in Las Vegas oder auf dem Kontinent, von dem *sie* ihre Lieblingslektüren hatte. Könnten sie nicht Ernesto Cardenal einen Brief schreiben, einen leidenschaftlichen Brief, und ihn anflehen, eine so große Liebe zu besiegeln, die von reaktionären Kräften unterdrückt werde? Und wäre die südamerikanische Revolution nicht überhaupt eine Lebensaufgabe, die die Schönste ebenfalls begeistern würde? Im Auto unterbreitete er den Vorschlag beiläufig genug, um ihn umgehend als Scherz deklarieren zu können, würde sie den Jungen auslachen. Das tat sie nicht. Sie zeigte überhaupt keine Reaktion, außer daß sie ihre rechte Hand auf seine linke legte. Das war es, was er an ihr liebte, was seine große Liebe noch steigerte: daß sie niemals seinen Enthusiasmus bremste, selbst jedoch die Übersicht behielt. Ebendeshalb konnte er sich seinem Überschwang überlassen, weil sie ihn im Gleichgewicht hielt. Im Tagebuch nannte er sie Realistin, sich den Träumer, sprach ihr Ordnung zu, sich das Chaos, erkannte in ihrer Liebe die berühmten Hälften vereinigt, die für einander geschaffen sind, und dazu noch das Prinzip von Ying und Yang verkörpert, von dem er keine vierundzwanzig Stunden vorher in der Küche des besetzten Hauses zum ersten Mal gehört. Als sie vor der nächsten Kreuzung den Gang wechseln mußte, legte er seine Hand mit auf die Knüppelschaltung.

– 68 –

Wenn die Verzweiflung wenigstens noch das knappe Drittel der Geschichte einnehmen soll, auf das mein Gedächtnis sie bereits gekürzt, bleiben nur drei Seiten, um das Bleiben im Entwerden abzuschließen. Dabei habe ich mit der Glückseligkeit gerade erst begonnen, die mehr als nur einen Ort und eine Zeit, nämlich die ganze Welt für immer zu verwandeln schien. Der Unterricht zum Beispiel, die Schule – nicht, daß die Verwandlung der Welt so umfassend gewesen wäre, aus dem Jungen einen Streber zu machen, aber von einem auf den anderen Tag betrachtete er selbst die Strengen unter den Lehrern milde, die bis zur Rente in die gleichen gelangweilten Reihen blicken mußten, obwohl sie vielleicht selbst einmal authentisch zu leben gehofft, gelobte Besserung sogar vorm Rektor, der gar nicht anders durfte als einen Schwänzer zu maßregeln, und hätte am liebsten seinen Sitznachbar umarmt, bloß weil der ihn wieder fragte, ob alles okay sei. Seltsam, wie sich die Zärtlichkeit, die er für die Schönste empfand, auf den Schulhof übertrug, der nicht mehr die verhaßte Teerwüste zwischen Betonsilos war, sondern jedenfalls in den großen Pausen ein Menschenquirl voll von Stimmen, Bewegungen, Farben. Erstmals achtete er auf die Bäume, deren Frühlingsgrün seinen Zustand versinnbildlichte, fand selbst das Gebüsch hinter der

Raucherecke mystisch und stand am Flußufer wie vor einem Quell des Lebens. Ich behellige den Leser besser nicht mit den Vergleichen, die der Junge mit dem Tropfen und dem Ozean oder dem Lichtstrahl und dessen Ursprung anstellte, kann mich ohnehin nur schemenhaft entsinnen und fände wahrscheinlich jedes der Bilder in seinen Lieblingslektüren, aber auch in Fernsehfilmen wieder (und Romanen, Blockbustern et cetera). Trotzdem war es, und sei es bloß nach seinen eigenen Maßstäben, ein gewaltiges, weil erstes Einssein mit der Natur, das dem Jungen zwischen dem Lager einer Spedition und dem Kundenparkplatz eines Baumarkts beschert ward, während er auf die Schönste wartete: die Vögel, deren Gesang den Straßenlärm vertrieb, die Margeritchen, die fröhlicher als auf jeder Bergwiese zwinkerten, die Sonne, die sich zugleich auf dem Wasser glitzernd spiegelte und innerlich, in der Brust, im Bauch, bis hinab zu den Zehen ihn mit Wärme erfüllte. »Liebe, wen du willst, du wirst Gott geliebt haben«, bestätigt Fachroddin Eraqi: »Wende dein Gesicht, wohin du willst, es wendet sich Gott zu, selbst wenn du es nicht weißt. Es ist nicht so sehr falsch als vielmehr unmöglich, jemand anderen zu lieben als Ihn.«

Die sufische und im Grunde alttestamentliche Lehre, daß Gott in allen Dingen verehrt werden könne, erweiterte der große Systematiker Abdulkarim Dschili Anfang des 15. Jahrhunderts dahingehend, daß die Verehrung Gottes auch und insbesondere in der Verehrung anderer Götter möglich sei, da Gott selbst sie mit dem Wort Gott bezeichnet habe. Gottes Wort in Sure 20,14, »Es gibt keinen Gott außer Mir«, paraphrasierte Dschili wie folgt: »Die angebetete Gottheit ist nichts außer Mir. Ich bin der, der sich in jenen Götterbildern und Sphären und Naturen und in allem manifestiert, was die Anhänger jeglicher Religionen und Glaubensrichtungen verehren. Jene Götter sind alle nichts anderes als Ich.«

– 70 –

Außerhalb des Schulhofs hatte die Schönste keine Scheu, sich mit dem Jungen zu zeigen, ihn zu umarmen und zu küssen – ach, was für Küsse, nie mehr so lange, leidenschaftliche Küsse –, Hand in Hand durch die Straßen genauso wie durch den Supermarkt zu laufen, in dem sie die Zutaten fürs Abendessen kaufte. Als wär's gestern gewesen, sind mir noch die drei Dosen geschälter Tomaten gegenwärtig, die sie in den Einkaufswagen legte, die Zwiebeln, der Knoblauch und dreifarbig die Paprika in Netzen, sehe noch das Döschen Origano im Regal, das sie mit der Glaubhaftigkeit einer Spitzenköchin für superwichtig erklärte, weiß noch die Marke des Parmesankäses in der Tüte und daß es zwei Packungen Hackfleisch waren, das sie ihm zuliebe nur vom Rind nahm, obwohl halb und halb billiger gewesen wäre. Selbst daran kann ich mich erinnern, daß die Schönste keine Nudeln benötigte, weil es Nudeln noch genug im besetzten Haus gab, dafür vier Flaschen Frascati zu – nein, den Preis pro Flasche müßt ich mir ausdenken, bemerke ich dreißig Jahre später, wie weit mein Gedächtnis doch nicht reicht. Ich glaube schon, daß bei ihr auch eine Lust hineinspielte, zu irritieren, die Spießer vor den Kopf zu stoßen, wenn sie den Jungen vor aller Augen in den Arm nahm. »Es kam mir in den Sinn: Versammle die Herzen der Menschen allesamt um mich«, notiert

Baha-e Walad an einer Stelle, die zugegeben nur sehr entfernt mit dem Supermarkt zu tun hat; sie erscheint mir indes so bemerkenswert, daß ich die Gelegenheit nutze, sie zu zitieren, obschon ich mich selbst verdächtige, des Jungen Liebe mehr und mehr zum Vorwand zu nehmen, damit ich seine Lieblingslektüren vertiefe: »Alsbald trat mir in die Vorstellung dies: Alle sind schon versammelt. Ich dachte weiter: Mir wird es unter ihnen zu eng. Ich will mitten unter ihnen pissen und scheißen, ich schäme mich: auch vögeln und dergleichen. Die Antwort lautete: Tu alles, was du willst: furzen, scheißen und so weiter. Wer bei dir bleiben will, bleibe trotz deiner Unanständigkeit. Wer das Weite suchen will, soll es. Denn wenn diese Unanständigkeiten nicht in dir sind, macht man dich zu einem Gott, und Gott hat keine Teilhaber.« Die Kunden des Supermarkts mögen den Altersunterschied nicht bemessen haben, doch so offen sich die Schönste in der Nähe der Schule oder Pause für Pause am Flußufer mit dem Jungen zeigte, war es nur eine Frage von Tagen, bis die Mitschüler die Liebenden entdecken würden und der Rektor die Nachricht bis zu ihren Eltern trüge. Und dann die Küsse, um angesichts des besonders strikten Protestantismus ihrer Stadt noch einmal an den Austausch ihres Atems zu erinnern, die Küsse in der Schlange vor der Supermarktkasse, auf den Bürgersteigen, im Auto an der roten und schon grün gewordenen Ampel, die Hände, die ungeniert an seinen Po und ihre Brüste faßten, das Kichern und das völlig losgelöste Lachen, wenn sie sich wortlos über die Blicke der Passanten verständigten oder auf das Hupen hinter der Heckscheibe simultan mit ihren gestreckten Mittelfingern reagierten – ja, wie wild und gefährlich ihre Liebe war, wird die Schönste schon ermessen haben, bemerke ich dreißig Jahre später, wie weit meine Sehnsucht reicht. Nur das Rezept der Hackfleischsoße gebe ich bis heute als mein eigenes aus.

– 71 –

Das Erleben der Natur habe ich bereits angesprochen: Um mit Aldous Huxleys *Pforten der Wahrnehmung* aus einem weiteren Buch zu zitieren, das in jener Zeit viel gelesen wurde – intellektuell ging es hinterm Bahnhof höher her als auf dem Schulhof, wo noch von Märchenprinzen die Rede war, höher zumal als *Traum & Chaos* –, offenbarte sich die Schöpfung zwischen dem Lager einer Spedition und dem Kundenparkplatz eines Baumarkts als »ein wiederholtes Fluten von Schönheit zu gesteigerter Schönheit, von tiefer zu immer tieferer Bedeutung«. Allein, die Naturschönheit war nicht seine einzige Entdeckung: Erstmals nahm der Junge auch menschliche Verhältnisse als ideal wahr, sobald er durch die Pforten des besetzten Hauses schritt. Alle sprachen freundlich, ja zärtlich zueinander, wendeten beinah jede Äußerung mit einem angehängten »wohl« oder »woa«, »gell« oder »göh« in eine Frage, als seien Aussagesätze repressiv, und faßten dem jeweils Angesprochenen dabei häufig an den Unterarm, um ihre unbedingte Sympathie zu versichern. Mag ich mich auch explizit nur an »-chen«, »-li« und »-le« erinnern, herrschte ein enormer Reichtum an Suffixen, die Namen, Anreden und Gegenstände verniedlichten. Imperative hingegen schienen überhaupt nicht zu existieren; wenn einer vom anderen etwas wollte, leitete er die Aufforderung zwingend mit einem »Ich finde« ein, um sie mit »man müßte« sofort ins Allgemeine zu wenden, damit niemand sich je bedrängt fühlte (genauso liebenswürdig fiel die gelegentliche Mahnung aus, das Wörtchen »man« zu vermeiden). Der Leser wird die Verhältnisse, in denen der Junge beinah eine Utopie verwirklicht sah, bestenfalls belächeln oder gar meinen, ich würde sie heillos karikieren. Aber wenn ich mir Jesu Jünger, eine Gemeinschaft von Samaritern oder ganz konkret jene Derwische vorstelle, die eine Reisplatte, in die eine Ameise gekrochen war, so lange nicht anrührten, bis die Ameise die Platte von selbst verließ, damit sich das Tier nur ja nicht bedrängt fühlte – dann müssen die Heiligen viel sanftmütiger geredet oder sich für jede Handreichung nicht nur mit einer Umarmung, sondern gleich mit einem Fußfall bedankt haben. Und es gab noch etwas anderes, das den Jungen rührte und nur ihn: Niemand schätzte ihn ob seines Alters gering, niemand überforderte ihn allerdings auch oder verleitete ihn zu Dingen, für die er vielleicht wirklich noch zu jung war, schenkte ihm das vierte Glas Wein nach oder verriet ihm, wo er selbst Marihuana kaufen könne. Umgekehrt hielt ihn allerdings auch niemand ab, wenn er den Joint, der die Runde machte, an die Lippen nahm und tat, als könne er ihn auf Lunge rauchen, wiewohl er nur die Wangen ansog. Das war nicht Gleichgültigkeit, da war Fürsorge dabei, die er ob seines Alters spürte, jedoch auf angenehmste Art. Wie ältere Geschwister hatten die Hausbesetzer wohl im Blick, daß es für den Jungen naturgemäß noch Grenzen gab, aber ließen sie ihn nicht spüren. Wurde etwa das LSD gereicht, von dem er erstmals Wunder hörte, überging man ihn so selbstverständlich, daß er erst im nachhinein bemerkte, als einziger nicht gefragt worden zu sein. Nun gut, die Sanftmut, die ihm an den Hausbesetzern imponierte, wird bei manchen auch nur Dröhnung gewesen sein.

– 72 –

Der Junge entdeckte *Die Pforten der Wahrnehmung* auf einem Stapel engbedruckter Bücher, als er, dem ungewohnten Imperativ eines Hinweisschildes gehorchend, im Sitzen Wasser ließ. Auch bei allen folgenden Notdurften nahm er das schmale Bändchen in die Hand, las einmal einen Absatz, das andere Mal schon drei Seiten, um mehr über die Halluzinationen zu erfahren, von denen die Hausbesetzer Wunder verkündeten, so daß die Verrichtungen immer länger dauerten. In Sorge, die Schönste könne sich allmählich Gedanken über seine Verdauung machen, nahm er Huxleys Buch endlich mit in die Küche und fragte, wem es gehöre. Dir, solang du es liest – so oder ungefähr so kommunardisch lautete die Antwort. Wie gesagt hatte er seine eigenen Lieblingslektüren, und ohne den Zusammenhang rekonstruieren zu können, den er mit der religiösen Verzückung herstellte, ist es mir bis heute peinlich, daß er in der nächsten Küchenrunde beifälliges Nicken einheimste, indem er den Drogenrausch, der ihm wohlgemerkt noch nie zuteil geworden, mit der Inbrunst eines Predigers zur Kommunion erklärte. Daß er im Augenwinkel darauf achtete, ob auch die Schönste der Hausbesetzer zustimmend, vielleicht sogar anerkennend ihn anblickt, bedarf keines Hinweisschildes mehr. Ich erwähne *Die Pforten der Wahrnehmung* so ausführlich, weil ich das Bändchen besorgt und nach dreißig Jahren noch einmal studiert habe; ich war neugierig, auf welche Beschreibung sich die Predigt des Jungen stützte – und natürlich: Nicht der Junge, sondern Aldous Huxley selbst stellt ja den Zusammenhang seiner Erfahrung mit der Visio Beatifica her. Mit der Erfahrung war also auch deren Deutung von A bis Z nur imitiert. Hat keiner der Hausbesetzer, der seine Notdurft verrichtete, je in die Bücher geschaut, die sich neben der Kloschüssel stapelten? Vermutlich nicht und ging es hinterm Bahnhof intellektuell gar nicht höher als auf dem Schulhof her. Jedenfalls fiel niemandem in der Küche auf, nicht einmal der Schönsten, die doch zugleich die Klügste und Belesenste war, daß der Junge nur nachplapperte, was er beim Wasserlassen entdeckt. Oder sie ließen seine Grenzen ihn nicht spüren.

– 73 –

Soll die Verzweiflung, die so viel länger, Jahre und Jahrzehnte herrschte oder bis heute herrscht, also das Niederschmetternde der Trennung, die Folter der Sehnsucht und die Ketten des Verkümmerns überhaupt noch Platz in meiner Geschichte finden, muß ich vom Alltag der Liebenden fortan absehen, um endlich das Bleiben im Entwerden abzuschließen (schon das Wort Alltag klingt nach Jahren und Jahrzehnten einer Beziehung, merke ich, wo ich tatsächlich von kaum mehr als einer Woche spreche). Daher möcht ich mich heute ohne Umschweife auf die Zeit und den Ort besinnen, als die Liebe dem Jungen am größten schien. Die Demonstration gegen die Stadtautobahn, die mir sofort vor Augen tritt, ist nun allerdings auch nicht eben spektakulär und schon gar nicht so aufregend, wie es die Nächte mit der Schönsten blieben – ein zögerlicher Marsch durch eine, ich will nicht sagen: Neben-, aber selbst für die überschaubaren Verhältnisse ihrer Stadt kaum befahrene, von keinem einzigen Geschäft umsäumte Straße. So wenige waren die Autobahngegner, die mit der Friedensbewegung also doch nicht identisch waren, allenfalls deren harten Kern bildeten, daß nur eine Spur für sie abgesperrt werden mußte. Für das Gedächtnis ernüchternder noch, sollten die Fahrer, die ihnen auf der anderen Spur den Vogel zeigten, vor der Geschichte recht behalten, ist doch der Kampf gegen den Fortschrittswahn mehr als nur verpufft, nämlich vollständig vergessen: Man muß nur die Homepage meiner Geburtsstadt aufrufen, um gleich auf der ersten Seite die Autobahn angepriesen zu finden, die hinterm Bahnhof herführt. Aber genau darauf möcht ich hinaus: daß der Nachmittag nicht einmal auf den Jungen dramatisch, umstürzlerisch oder gar apokalyptisch wirkte, der immerhin schon ein Ministerium blockiert hatte; eben die Unauffälligkeit der äußeren Erscheinungen möcht ich betonen, weil darin eine Wahrheit über das Bleiben im Entwerden liegt, die in vielen Traktaten hervorgehoben wird. Mit dem Tumult steht die Liebe, wenn überhaupt, in einem negativen Verhältnis. Entsprechend liegt das Spezifische just dieser Erinnerung in der Alltäglichkeit, ja genau: im ersten Augenschein der Dauer, der noch von keiner Gewohnheit befleckt ist. Ruzbehan Baqli hat Ende des 12. Jahrhunderts in Schiras nicht an zwei Jugendliche gedacht, die achthundert Jahre später in einer westdeutschen Kleinstadt gegen eine Stadtautobahn demonstrieren sollten, und doch läßt sich seine Definition des »Bleibens im Entwerden« als jenes Zustands, der »ohne Anfang immerfort bestehen bleibt« auch auf die Liebe beziehen, die mir dort am größten zu sein scheint, wo die Liebenden erstmals den Eindruck haben, sich immer schon zu kennen, und ihnen gleichzeitig eine Trennung noch unvorstellbar ist. »Der Rausch ist ein Spielplatz für Kinder«, gab allerdings Ali Hodschwiri zu bedenken, der zweihundert Jahre vor Baqli in Lahore starb, »die Nüchternheit das Todesfeld für Männer.«

– 74 –

Den ersten Augenschein der Dauer, der noch von keiner Gewohnheit befleckt war, mache ich, um von der Demonstration gegen die Stadtautobahn lediglich eine einzige Situation zu schildern, am ersten Lächeln fest, das sie ihm grundlos schenkte. Seit an Seit schritten die Liebenden inmitten des stillen Pulks von Autobahngegnern, die ob ihrer kläglichen Zahl um so entschlossener waren, den Fahrern die Stirn zu bieten, die ihnen von der anderen Spur aus den Vogel zeigten. Mindestens im Jungen hatte sich ein Gefühl eingestellt, daß der Fortschrittswahn ein noch viel mächtigerer Gegner als die atomare Aufrüstung sei. Den Baubeginn der Stadtautobahn, das war spätestens mit dem heutigen Tag klar, der die mangelnde Unterstützung für den Widerstand offenbarte, würden sie nicht mehr aufhalten können. Auch ohne politischen Sachverstand sah der Junge voraus, daß die Häuser hinterm Bahnhof bald geräumt und noch in derselben Nacht abgerissen werden sollten. Und doch würden sie nicht aufgeben, die Schönste und er, würden Seit an Seit wie heute marschieren für die Natur, den Frieden und noch lieber für die südamerikanische Revolution. Wie der Junge sich grimmigen Gesichts die gemeinsame Zukunft ausmalte, die seinetwegen morgen schon mit zivilem Ungehorsam bis hin zu Hungerstreik und Sabotageakten an der

Baustelle begänne, mit Schulverweis, Polizeigewahrsam und notfalls dem Martyrium im Konzentrationslager des drohenden faschistischen Regimes, sah er im Augenwinkel, daß ihn die Schönste der Autobahngegner anlächelte, daß sie die Lippen zu einem erfüllten Lachen öffnete und wie befreit ihre herrliche Zahnlücke preisgab – ohne daß er beim Sprechen ihre beinah geschlossenen Lippen karikiert oder Witze erzählt hätte, die er sich ihretwegen gemerkt, ohne daß er sie im Bett sanft an der Seite oder mit den Zehen an der Fußsohle gekitzelt, ohne Grund beziehungsweise aus dem einzigen Grund, zu sein, wo sie jetzt war: Seit an Seit für eine bessere Welt. Wehe dem Leser, der zwei Liebenden deswegen den Vogel zeigt.

– 75 –

Gefragt, was er zu einem Menschen sage, »der einen Becher Wein trank und berauscht für alle Ewigkeit ward, in der vergangenen und in der künftigen Zeit«, antwortete Bayazid Bestami, der berühmte Erleuchtete des 9. Jahrhunderts: »Ich weiß es nicht; aber dies weiß ich, daß es einen Menschen gibt, der Meere der Ewigkeit in einem einzigen Tag und einer einzigen Nacht trinkt und ruft: Ist noch mehr da?«

– 76 –

Ich muß, da meine Geschichte heute das letzte Viertel erreicht, endgültig mit der Verzweiflung beginnen, die auch die Mystiker ungleich länger beherrschte, denn warum sonst nimmt in ihrer Dichtung die Erfüllung so wenige, der Schmerz so viele Verse ein – in Nizamis *Leila und Madschnun* etwa, um nur dieses Verhältnis anzugeben, das der Erfahrung des Jungen sehr viel besser entspricht, in Nizamis Großer Liebe ein Kapitel zur Einführung, eines für die Vereinigung und zweiundfünfzig für Trennung, Sehnsucht und Verkümmern. So grundlos die Schönste auf der Demonstration gegen den Bau der Stadtautobahn zu lachen schien, so wenig verstand er, warum sie sich an einem der folgenden Nachmittage nicht meldete, nicht zurückrief und auch nicht zu Hause war, als er an ihrer Tür klingelte. Nicht einmal eine Nachricht hatte sie hinterlassen. Dabei hatten sie noch am Vormittag beide Pausen eng umschlungen am Fluß zugebracht und sich nur deshalb nicht verabredet, weil Verabredungen zu sehr nach Pünktlichkeit, Disziplin, Ordnung klangen und sie sich auch ohne Plan jeden Nachmittag, spätestens abends trafen, sei es zum Eisessen vorm Bahnhof oder beim Kampf gegen die atomare Aufrüstung. Ibn Arabi behandelt in seinen *Mekkanischen Offenbarungen* ausschließlich den Schmerz Madschnuns, niemals die Erfüllung, sieht man von jener Szene ab, in der Leila ihm sich einmal anbot: Laut schreiend hatte Madschnun nach ihr verlangt: »Leila, Leila!«, hatte sich auf die Brust Eisklumpen gelegt, die schneller als auf einem glühenden Ofen geschmolzen waren. »Ich bin die, nach der du verlangst«, sprach Leila den Wahnsinnigen an: »Ich bin die, die du begehrst; ich bin deine Geliebte, die Erquickung deines Wesens, ich bin Leila!« Madschnun drehte sich nach ihr um und rief: »Geh mir aus den Augen, denn die Liebe, die ich zu dir empfinde, nimmt mich so sehr in Beschlag, daß ich für dich keine Zeit habe.« Ausdrücklich hebt Ibn Arabi die Erfüllung hervor, die sich in Madschnuns Antwort zu erkennen gebe: »Ein solcher Zustand ist der köstlichste und erlesenste, den man in der Liebe empfinden kann.« Ich glaube allerdings, der Junge hätte Ibn Arabi den Vogel gezeigt.

– 77 –

Bevor ich mit der Trennung fortfahre, um auch noch vom Sehnen und Verkümmern zu erzählen, muß ich ein letztes Mal zur Vereinigung zurückkehren, weil es einen Moment gab, einen Gedanken sogar, länger als eine Zehntelsekunde, während dessen der Junge, sowenig Übung, Körperkontrolle und Praxis ihn fürs Matratzenlager vorbereitet hatte, sich der Auslöschung mehr als nur annäherte, die, aufs Körperliche bezogen und meinetwegen beschränkt, jedem Menschen zuteil werden kann, nicht nur den Heiligen. Genau genommen näherte er sich nicht an, sondern entfernte sich schon wieder und wurde ihm das Einssein erst nachträglich bewußt. Daß die Reflexion einsetzt, ist vielleicht selbst die unmittelbare Ursache der Schwermut, die bereits Galen im 2. Jahrhundert bezeichnete. Seinem oft geschmähten Satz »Post coitum omne animal triste« spricht Ibn Arabi eine tiefere Wahrheit zu, wenn er die Mattigkeit nach dem Liebesakt mit dem Schleier erklärt, der den Menschen von der Wirklichkeit trenne. Als Geschöpf müsse der Liebende sich über seine Natur erheben, damit er in der Geliebten den Schöpfer erkenne. Verstehe ich Ibn Arabi recht, wird der Liebende also schwermütig, weil ihm aufgeht, daß er sich das Einssein mit der Geliebten nur eingebildet hat – dabei liegt die Illusion eben darin, die Vereinigung für eine Illusion zu halten. Ein so verlokkender wie irritierender Gedanke: Ebendort träumen wir, wo wir meinen, aufgewacht zu sein. Auf sich selbst zurückgeworfen, »empfindet der Liebende Verdruß wegen dieser seiner geschöpflichen Natur und dem unzertrennlichen Band, das seine Seele ans Dasein kettet. Diese Natur ist ihm grundsätzlich zu eigen, nie wird er sich ablösen können von ihr.« Der Junge, ich weiß es dreißig Jahre später von der ersten und der zweiten und jeder Vereinigung, an deren Verlauf ich mich konkret erinnere, der Junge ahnte aufgrund welcher Lektüren auch immer, daß er nach der sogenannten Erfüllung, die nun auch nicht den Himmel zum Einsturz gebracht hatte wie in Filmen oder einmal abends am Baggersee beobachtet, einer Erfüllung zumal, die womöglich nur ihm zuteil geworden war, der Junge ahnte, daß er gerade jetzt die Schönste weiter liebkosen, die Verbindung aufrecht erhalten solle. Allein, das widersprach länger als nur eine Zehntelsekunde seiner Empfindung, konnte einstweilen nur geheuchelt sein. So authentisch, wie er es von der Schönsten gelernt, wäre es gewesen, sich von ihr wegzudrehen und seinetwegen die feuergelbe Wand zu betrachten oder besser noch die Augen zu schließen. Statt dessen raste er mit seinem Mund und allen zehn Fingern wieder ihren Körper auf und ab wie eine Putzkolonne den Gang, der zwei Gebäude des Gymnasiums verband. »Nur der wahre Liebende wird niemals von einer solchen Mattigkeit befallen, weil er um die Dinge weiß, wie sie sind, und keiner Illusion beraubt ist.«

– 78 –

Ob sie es nun vom Direktor oder einer anderen Person erfahren hatten, die sich die Aufsicht über zwei Liebende anmaßte, standen die Eltern der Schönsten unangemeldet vor dem besetzten Haus und baten um Einlaß. Besser, er bliebe im Zimmer, riet die Schönste dem Jungen, während sie sich in aller Eile anzog, um die Eltern in die Küche hinaufzuholen, wo die kniehohen Rosen noch im Plastikeimer blühten. Jeder Mensch vollbringt in seinem Leben Idiotien, die jedermann als solche bezeichnet, die leider auch niemand übersieht, die von außen betrachtet tatsächlich desaströs sind und vielleicht nicht den Verlauf der Welt verändern, aber doch dem eigenen Schicksal eine ungute Wendung geben können, es sind sozusagen Taten zwischen Mensch und Menschheit. Daß der Junge, statt auf die Schönste zu hören, wie es einem Liebenden geziemt, sich ebenfalls anzog, um seinen Mann diesmal vor Eltern und Hausbesetzern zu stehen, das gehört zu diesen Untaten, die jeder Vernunft spotten. Ich muß annehmen, daß er wahrhaftig erwartete, ihre Eltern könnten beim Anblick eines baldigen Schwiegersohns beruhigt sein, der den frühlingshaften Temperaturen mit drei vielfarbigen Pullovern aus Baumwolle über der blau-weiß gestreiften Latzhose trotzte, die langen Locken zu einer medizinballgroßen Kugel aufgebauscht hatte, eine um so kleinere Nickelbrille und auf den Wangen einen Flaum trug, der ihn als Fünfzehnjährigen auswies. Daß seine Birkenstock-Pantoffeln nagelneu waren, half nicht über den Eindruck des Gammeligen, des Verlotterten, ja des Unsittlichen hinweg, der in ihrer pietistisch geprägten Stadt etwas geradezu Gotteslästerisches hatte. Immerhin war der Junge nicht so blind, das Entsetzen in den Augen der baldigen Schwiegereltern zu verkennen, die in einem der Dörfer in der Umgebung wohnten, wo selbst die Jugendlichen noch alle mit Seitenscheitel und Bundfaltenhose, mit Zöpfen und knielangen Röcken vors Haus traten. Wenn ich mir ihre Erscheinung heute ins Gedächtnis rufe, sehe ich zwei unsichere, auf den Boden schauende, herzergreifend traurig wirkende, meinetwegen biedere, aber jedenfalls gutherzige, um Gehör eher flehende als Gehör einfordernde Menschen, die sich in der Küche des besetzten Hauses fremder, unbehaglicher fühlen mußten als je der Junge in der Raucherecke, der Vater geradezu mitleiderregend schmalbrüstig im grauen Anzug, die Schultern leicht nach vorne versetzt, sein weißer Hemdkragen auch ohne Krawatte zugeknöpft, der Rock der ebenso zartgliedrigen Mutter knielang, eine erdfarbene Bluse mit Rüschen, ihre grau durchwirkten Haare am Hinterkopf in ein Netz gebunden. Der Junge jedoch, als er die Hand zum Gruß ausstreckte und die Eltern der Schönsten einen halben Schritt zurückwichen, sah nur zwei Eindringlinge, zwei Ignoranten und Feinde der Liebe, die er nicht einmal bei

Todesandrohung passieren ließe. Wahrscheinlich waren sie auch Befürworter von Atomwaffen und Stadtautobahnen, der Tendenz nach Faschisten also.

– 79 –

Womöglich muß ich mir das Wohlwollen der Schönsten, statt mit einem emanzipatorischen Moment, mit einer Anekdote erklären, die zu den berühmtesten der sufischen Literatur gehört: Jesus kommt mit seinen Jüngern an einem toten, schon halb verwesten Hund vorbei, dessen Maul offensteht. »Wie schrecklich er stinkt«, wenden sich die Jünger angeekelt ab. Jesus aber sagt: »Seht doch, wie herrlich seine weißen Zähne leuchten!«

– 80 –

Der Leser wird meinen, daß ich von der Begegnung mit den Eltern der Schönsten oder zuvor von der metaphysischen Mattheit, die in der neueren Literatur hormonell erklärt und als postorgiastische Depression pathologisiert wird (in gravierenden Fällen seien Serotoninblocker angezeigt) – daß ich von beiden Debakeln erzählt habe, um endlich mit der Verzweiflung zu beginnen. Und es stimmt, ich wollte Gründe anbringen, warum sie sich nicht meldete, nicht zurückrief und auch nicht zu Hause war, als der Junge an ihrer Tür klingelte. Mit den Nächten, die bei aller Verklärung nicht einmal die leeren Weinflaschen zum Umfallen brachten, oder seinem unmöglichen Auftritt in der Küche hoffte ich mir ihren Rückzug noch am plausibelsten zu erklären. Die Wahrheit ist, daß ich nicht den geringsten Schimmer habe. Der Besuch der Eltern gab dem Schicksal des Jungen jedenfalls keine sichtbare Wendung, weil sich die Schönste neben ihn stellte und demonstrativ seine Hand nahm, als ihre Mutter in Tränen ausbrach und ihr Vater erst den Pfarrer als Vermittler vorschlug, bevor er in seiner Hilflosigkeit etwas vom Jugendamt stammelte. Es kann nicht nur der Junge gewesen sein, der die Eltern entsetzte, es war das Leben als solches hinterm Bahnhof, das ihre Befürchtungen wahrscheinlich noch übertraf, das schmutzige Geschirr, das sich längst wieder beidseits der Spüle und auf dem Küchentisch stapelte, die leeren Weinflaschen überall, die nur zum kleineren Teil als Kerzenhalter dienten, dazu Zigarettenstummel verstreut auf dem Boden sowie der Geruch, vermutlich sogar Rauch von Marihuana in der Luft. Und dann die Hausbesetzer mit ihren langen Haaren und Bärten oder mit Bürstenschnitt einige der Frauen, die sich auf der Küchenbank oder zwischen den Zigarettenkippen lümmelten. »Wir sind die, vor denen uns unsere Eltern immer gewarnt haben« gehörte ebenfalls zu den Sprüchen, die im Westdeutschland jener Zeit an Tausenden Türen klebten. Nur an dem Jungen, ausgerechnet am Jungen, war etwas, das den lammfrommen Eltern seltsam vertraut gewesen sein mußte: Mit dem beseelten Tonfall und den Händen, die immer wieder beschwörend zur Decke zeigten, hätte er auch in einer Kirche predigen können. Wenn sie so bibelfest waren, wie ich annehme, als Pietisten womöglich etwas von christlicher Mystik verstanden, können ihnen außerdem die Bilder nicht ganz fremd gewesen sein, die der Junge aus seinen Lieblingslektüren zitierte, die Liebe als Vogel und als Nest, Feder und Schwinge, Luft und Flug, Jäger und Beute, Gebetsrichtung und Beter, Herrscher und Untertan, Schwert und Scheide, Wunde und Balsam, Wesen und Eigenschaft. Nun gut, die Küche des besetzten Hauses, in der es nach Marihuana mehr als nur roch, schien den Eltern der Schönsten wohl nicht das passende Podium zu sein, um über das Verhältnis von mystischer und irdischer Liebe in den unterschiedlichen Religionen zu diskutieren, und das Hohelied werden sie auch nicht so wörtlich verstanden haben, wie es in der pietistischen Exegese bei anderen Bibelstellen üblich ist. Überhaupt war der Auftritt des Jungen weniger ein Gesprächsangebot als eine Kampfansage (die gebogenen Rücken kamen ebenfalls wieder zur Sprache). Dreißig Jahre später könnte ich verstehen, daß seine Predigt die Schönste abgeschreckt oder mindestens irritiert hätte, die nicht gleichermaßen von Sinnen war und bei aller Aufregung selbst seine Eltern im Blick hatte, wie dann erst ihre. Gesagt hat sie jedoch nichts, ebensowenig mit den Augen gerollt, vielmehr ihn mit zurück in ihr Matratzenlager genommen, als die Eltern das besetzte Haus unverrichteter Dinge verließen, und auch die folgende Nacht zum Fest werden lassen. Die Wahrheit ist, daß ich in den beiden Liebenden immer noch die berühmten Hälften erkenne, die für einander geschaffen sind, und ebenso das Prinzip von Ying und Yang, über das ich seither eine ganze Menge las. Von Traum und Chaos würde ich allerdings nicht mehr sprechen wollen, dann schon eher von Vogel und Nest, Feder und Schwinge, Wesen und Eigenschaft.

– 81 –

Nein, die insgesamt drei Nächte, die der Junge mit der Schönsten verbrachte, waren nicht das Fiasko, das zuletzt durchgeklungen haben mag. Sie waren allerdings auch nicht durchgehend ein Fest. Die Nächte waren auf andere Weise erfüllt, als er es in Filmen und einmal am Baggersee beobachtet, wurden größtenteils mit Gesprächen zugebracht, die sie unter den indisch anmutenden Decken innig umarmt führten – so viel hatten sie sich zu erzählen, obschon ich nicht einmal die Themen mehr weiß –, oder sie ruhten wortlos ineinander, hörten Musik, die zehn oder fünfzehn Jahre alt war, seine Füße zwischen ihre Schenkel geschoben, ihr Kopf auf seinem Arm, strichen einander zart, nur mit den Fingerkuppen über die Haut, lasen sich gegenseitig ihre Lieblingslektüren vor und schliefen von der zweiten Nacht an früh genug ein, damit sie ihm pünktlich zur Schule den Tee an die Matratze bringen konnte. Und selbst die Vereinigung – gut, sie brachte weder den Himmel zum Einsturz noch die Flaschen zum Umfallen, gleichwohl bescherte sie dem Jungen im Wortsinn eine Sensation, wie sie kein Rauschmittel jemals bewirkt. Soweit ich es dreißig Jahre später rekonstruieren kann – dem Jungen selbst ermangelte es für ihre Sensationen leider an jedwedem Sensorium –, muß sie die Nächte ebenfalls genossen haben, da sie ihn andernfalls kaum ein zweites und drittes Mal in ihr Matratzenlager eingeladen hätte. Himmel, aber warum kein viertes Mal? So viel mehr Übung, Körperkontrolle und Praxis wird sie als Neunzehnjährige auch nicht gehabt haben, zumal die sexuelle Revolution ihre Stadt nicht einmal hinterm Bahnhof vollständig durcheinandergewirbelt hatte. Durch die Pforten der Erkenntnis pflegten die Hausbesetzer mit Hilfe von Drogen zu schreiten, nicht mit Hilfe der Liebe, die sie weit geordneter praktizierten, als die Eltern der Schönsten befürchteten. Daß die Schönste einen fünfzehnjährigen Liebhaber in die Küchenrunde einführte, ging schon beinah über die Freiheit hinaus, die der harte Kern der Friedensbewegung und damit zugleich die Bürgerinitiative zur Verhinderung der Stadtautobahn propagierten. Schließlich wurde auch das Wechseln der Unterwäsche, das nackte Sonnenbad oder das Pinkeln in der Hocke nur deshalb auf den Demonstrationen toleriert, weil die Blöße dort kein erotisches Signal aussandte. Daß das Geschlechtliche geradezu negiert, als eine Repression abgetan wurde, die man überwunden habe, macht die Zeit nicht sympathischer, die man vielleicht zu Recht nur noch ihrer kuriosen Moden wegen erinnert, strickender Männer und ebenso unförmig gekleideter Frauen.

– 82 –

Aus gegebenem Anlaß möchte ich eines einmal klarstellen beziehungsweise dreißig Jahre später dem Jungen und Aldous Huxley entschieden widersprechen, die den Drogenrausch zur Kommunion erklärten: Die vorübergehend empfundene Auflösung der eigenen Subjektivität (»ozeanisches Gefühl«), die ich nicht mehr imitieren muß, weil ich die Dröhnung längst aus eigener Anschauung kenne, unterscheidet sich grundlegend von der Erfahrung Gottes, soweit sie von christlichen oder islamischen Mystikern bezeugt wird. Der Anlaß, um das gleich hinzuzufügen, ist ein Buch aus dem Jahr 1957, auf das ich gestoßen bin, weil es die *Pforten der Erkenntnis* hinsichtlich ihrer religionswissenschaftlichen Relevanz analysiert. Richtig, die Geschichte gerät immer mehr zur Studie, das sehe ich selbst und bitte den Leser um Vergebung, da ich nun einmal viel dringlicher zu begreifen suche – schließlich ist es meine Geschichte, nicht seine! In *Mysticism, Sacred and Profane* weist der berühmte britische Mystikforscher R.C. Zaehner darauf hin, daß die Empfindung, mit der äußeren Umgebung verbunden zu sein, mehr noch: in ihr aufzugehen, nicht so ungewöhnlich sei, wie Huxley es annehme. Auch in der Manie oder im ästhetischen Erleben könne der Eindruck entstehen, daß die eigene Persönlichkeit sich im Angeschauten oder Gehörten verliert wie der chinesische Maler im eigenen Bild. Was hingegen die Mystiker bezeugten – am prägnantesten, finde ich, in Eraqis Satz: »Der, der sich in Gott verliert, ist nicht Gott selbst« –, sei die Auflösung des eigenen Ichs in einer anderen, allumfassenden Subjektivität. »Wie Huxley zu behaupten oder zu implizieren, seine eigene Erfahrung sei identisch oder vergleichbar mit der christlichen Visio Beatifica oder mit dem, was die Hindus *Sat Chit Aananda*, ›Sein-Gewahrsein-Seligkeit‹, nennen – das heißt eine offenbare Unwahrheit behaupten oder implizieren.« Nachdem er die sprachlichen, geistigen und ideengeschichtlichen Unterschiede zwischen religiösen und profanen Beschreibungen des Ichverlustes im Detail angeführt hat, erwähnt Zaehner jedoch auf Seite 206, daß die körperliche Liebe durchaus ein angemessenes, sogar das dienlichste Gleichnis für das mystische Erleben biete. Statt in einer allgemeinen äußeren Umgebung wie im Drogenrausch löse sich Subjektivität in der sexuellen Verzückung in einem konkreten Gegenüber auf, in das der Liebende eindringe und das er zugleich umfange. »Es mag heutzutage als Blasphemie erscheinen, die enge Parallele zwischen der sexuellen Vereinigung und der mystischen Vereinigung mit Gott hervorzuheben. Die Blasphemie liegt jedoch nicht im Vergleich, sondern in der Herabsetzung des einzigen Aktes, der den Mensch Gott gleich macht, sowohl durch die Intensität in seiner Vereinigung mit seinem Partner wie dadurch, daß er durch diese

Vereinigung ein Mit-Schöpfer Gottes ist. Alle höheren Religionen erkennen die sexuelle Vereinigung als etwas Heiliges an: aus diesem Grunde verdammen sie Ehebruch und sexuelle Ausschweifung unter allen Umständen. Diese Dinge werden nicht deshalb verboten, weil sie nachweisbar aus rationalen Gründen zu verurteilen wären, sondern deshalb, weil sie die Entweihung von etwas Heiligem sind; sie sind ein Mißbrauch dessen, worin der Mensch Gott am ähnlichsten ist.« Obwohl die sexuelle Revolution ihre Stadt nicht einmal hinterm Bahnhof vollständig durcheinandergewirbelt hatte, wurde die Ausschweifung im besetzten Haus deutlich entspannter gesehen und der Ehebruch schon deshalb nicht verdammt, weil die Ehe selbst als überholte Institution galt. Der Liebe des Jungen, so groß sie auch war, hätte R.C. Zaehner wohl noch aus anderen Gründen die religionswissenschaftliche Relevanz abgesprochen.

– 83 –

War schon der Sex nicht so ausschweifend, wie die Eltern der Schönsten befürchteten, kann von Ehebruch in der Liebe eines Jungen, der nicht einmal alt genug für die Raucherecke war, naturgemäß noch keine Rede gewesen sein. Besinnt man sich allerdings, was das Verbot auch ohne Sakrament oder Vertrag meint, ist es der Schmerz, der dem oder der Hintergangenen zugefügt wird; und in diesem Sinne, im Sinne der Untreue und des Verrats, sorgte sich der Junge fortwährend, daß die Schönste einem anderen wohlwollte als ihm. Frei war die Liebe nur in der revolutionären Theorie; jedenfalls die jugendliche Verliebtheit, die allein vergleichbar, verwandt, nicht nur den Symptomen nach übereinstimmend mit dem »Ertrinken« des Mystikers ist, hält gleich den ersten Kuß für ein Versprechen, mehr noch: für einen Vertrag, ein Sakrament, das zu verletzen mit der Hölle bestraft wird – nur daß sich die ganze Fragwürdigkeit der göttlichen Gerechtigkeit daran schon zeigt, daß nicht der Betrüger im Feuer schmort, sondern der Betrogene. Ich setz noch einen drauf: Nur der Liebende macht auf Erden durch, was Hiob durchgemacht hat, dessen Qual ja nicht eigentlich in der Verelendung, der Vereinsamung, im körperlichen Schmerz bestand. Hiobs Qual bestand darin, daß alle diese Plagen ihm vom Geliebten zugefügt waren. Hätte er nicht an Gott geglaubt, wäre von Hiob keine Klage laut geworden. Im nachhinein bilde ich mir gern ein, daß die Eifersucht den Jungen erst quälte, als er fürwahr Grund zur Befürchtung hatte, daß ein anderer die Nacht im Matratzenlager der Schönsten verbrächte. Wenn ich mich allerdings, durch Zaehners Erwähnung des Ehebruchs darauf gebracht, für einen weiteren Moment besinne, muß ich mir gegen alle Verklärung eingestehen, daß seine Eifersucht gar keines Grundes bedurfte; lange vor der Trennung, der Sehnsucht und dem Verkümmern zeigte sie sich bereits bis hin zum Lächerlichen. Sei es in der Raucherecke, sei es in der Küchenrunde, suchte er in den Gesten und Blicken der Schönsten und wie erst der übrigen Abiturienten und Hausbesetzer nach einem Anzeichen, daß sie ihm untreu werden könnte. Und fand er nichts, fürchtete er um so perfideren Verrat. Welche Spekulationen er anstellte, wenn er in der großen Pause ein paar Minuten länger wartete, als sie für den Weg vom Trakt der Oberstufe zum Fluß gewöhnlich benötigte! Und auf der Kloschüssel des besetzten Hauses beschäftigte ihn außer den *Pforten der Erkenntnis* mehr als einmal die Frage, wem sie sich zuwandte, während er Wasser ließ. Ich setz nochmals einen drauf: Nicht nur aus Sorge, die Schönste könne sich Gedanken über seine Verdauung machen, nahm er Huxleys Buch endlich mit in die Küche – ernsthaft bangte er um ihre Treue. Natürlich ist solch ein Argwohn nicht normal und schon gar nicht vernünftig, das sehe ich selbst; nur fragt sich, ob in fünftausend Jahren auch nur ein Dichter den Verliebten als normal und vernünftig beschrieben hat. Daß Madschnun wörtlich übersetzt »verrückt« bedeutet, im pathologischen Sinne schizophren, erwähnte ich bereits, aber selbst einer der berühmtesten Heiligen der islamischen Literatur, Abu Bakr asch-Schibli, der ein angesehener Jurist und hoher Staatsbeamter war, bevor er Gott in Liebe verfiel, wurde im 10. Jahrhundert nicht weniger als zweiundzwanzig Mal in psychiatrische Heilanstalten eingewiesen. Einmal schickte der Kalif seinen besten Arzt ins Irrenhaus, der Schibli mit Gewalt Medizin zu schlucken gab. »Ihr braucht euch nicht zu plagen«, sagte Schibli zu den Pflegern, die ihn festhielten. »Das ist keine Krankheit, die sich mit Arzneien heilen läßt.«

– 84 –

Im übrigen war die Eifersucht des Jungen völlig harmlos, vergleicht man sie mit der Eifersucht Schiblis, der es nicht einmal ertrug, wenn ein andrer den Geliebten ansprach oder auch nur seinen Namen nannte. Niemals wäre der Junge wie Schibli durch Bagdad mit einem Schwert in der Hand auf dem Schulhof umhergelaufen und hätte geschrieen: »Jedem, der ihren Namen ausspricht, dem schneide ich den Kopf ab!« Schibli war ja sogar auf die Schurken eifersüchtig, die das göttliche Verdammungsurteil trifft. Als er jemanden Sure 23,108 rezitieren hörte, »In die Hölle mit euch! Wagt es nicht, Mich anzusprechen!«, rief er: »Oh, wäre ich doch einer von ihnen!« Und selbst diese Überspanntheit, neben der mir die Eifersucht des Jungen entschuldbar erscheint, kannte eine Steigerung: Als der Heilige einmal abwechselnd zitterte und schwitzte, stöhnte und schrie, fragten die Jünger nach dem Grund seiner plötzlichen Unruhe: »Der Neid auf den Satan hat mich gepackt, so daß meine Seele im Feuer der Eifersucht brennt«, stammelte Schibli: »Ich sitze durstig da, und Gott gibt etwas von sich selber einem anderen: ›Mein Fluch wird auf dir liegen bis zum Tag des Gerichts.‹ [Sure 38,78] Ich ertrag es nicht, daß Gott einen anderen verflucht. Lieber will ich selbst verflucht werden. Mag es auch ein Fluch sein, ist es nicht etwas von Ihm?« Der höchste Grad der Eifersucht jedoch besteht darin, auf sich selbst eifersüchtig zu sein. Gefragt, was wahre Liebe sei, antwortete Schibli: »Wahre Liebe ist es, wenn du zu eifersüchtig bist, als daß einer wie du sich dem Geliebten zuwenden dürfte.« Das hat nun alles mit dem Jungen nichts mehr zu tun, dessen Liebe Schibli alles andere als groß vorgekommen wäre. Ich erwähne es nur, um zu illustrieren, daß die Eifersucht nicht erst mit der Verzweiflung auftritt, sondern schon der Verzückung angehört; schließlich wird Schibli gerühmt als einer, der Gott näher gekommen sei als alle gewöhnlichen Menschen seiner Zeit, wird Liebling oder Liebhaber Gottes genannt. Er selbst murmelte auf dem Sterbebett: »Ich bin mit dem Geliebten vereint«, bevor er seinen Atem aushauchte. Nur insofern könnte die Eifersucht des Jungen Trennung, Sehnsucht und Verkümmern befördert haben, als die Schönste, obwohl er sein Mißtrauen niemals in Worte zu fassen wagte, sich womöglich bedrängt fühlte, überfordert und eingeschnürt von der Besitznahme, die die Liebe leider ebenfalls sein will. Damit niemand anders den Namen des Geliebten nannte, ging Schibli hin und schrieb überall, wo er in Bagdad eine freie Stelle fand, das Wort Gott. Plötzlich hörte er eine Stimme rufen: »Wie lang noch gibst du dich mit dem Namen ab? Wenn du ein Mann bist, der sucht, dann begib dich auf die Suche nach dem Genannten.«

– 85 –

Wie selbstverständlich halte ich es weiterhin für die plausibelste Erklärung, daß die Schönste des Schulhofs sich nicht meldete, nicht zurückrief und auch nicht zu Hause war, als der Junge an ihrer Tür klingelte, weil sie sich von seiner allzu stürmischen Liebe bedrängt, überfordert, eingeschnürt fühlte. Wenn ich indes ihren Brief richtig in Erinnerung habe, dann beschuldigte sie ihn im Gegenteil, sie nicht wahrhaft, also nicht groß genug geliebt zu haben: Er habe die Blume zertreten, sich der Kostbarkeit unwürdig erwiesen und so weiter. Können die Vorwürfe mehr als nur imitiert gewesen sein? Immerhin hielt Schibli jemanden für noch eifersüchtiger als sich selbst: Gott. Dazu paßt die folgende Anekdote, die von seinem Lehrer Dschuneid und einem anderen Bagdader Heiligen überliefert ist, Abu l-Hussein an-Nuri. Nuri hatte einen hübschen, lebensfrohen Sohn, den er einmal zu Dschuneid mitbrachte. Dschuneid, der den baldigen Tod des Kindes voraussah, tröstete Nuri und sagte: »Möge Gott dir reichen Lohn für deinen Schmerz geben!« Drei Tage später verunglückte Nuris Sohn. Als man Dschuneid deswegen zur Rede stellte, sagte er: »Ich sah, daß Nuri diesen Jungen liebte, und ich wußte, daß Gott eifersüchtig ist und den Jungen bald hinwegraffen wird.« Im übrigen waren die Vorwürfe der Schönsten genauso harmlos wie die Eifersucht des Jungen, vergleicht man ihren Brief mit der Strafe der Prinzessin, deren Schönheit ein Sufi verfiel. Über seine allzu stürmische Liebe ins Bild gesetzt, rief sie ihn zu sich und sagte: »Es mag sein, daß ich schön bin, aber wenn du erst meine Schwester sähest! Schau mal, dort kommt sie!« Da der Sufi sich umsah, ließ die Prinzessin ihm den Kopf abschlagen. Der Junge hingegen sollte nach kurzer Krankheit wieder die Schule besuchen, keine zwei Monate später gerade noch die Klasse bestehen, vier Jahre danach Abitur machen, studieren, eine Familie gründen, eine Ehe ruinieren und in den üblichen Bahnen heutigen Lebens fortfahren.

– 86 –

Bevor ich endlich zur Verzweiflung gelange, muß ich die Eltern erwähnen, die Eltern des Jungen, meine ich, die selbstredend einen mordsmäßigen Aufstand machten, als er noch ein zweites und sogar drittes Mal nicht zu Hause übernachtete. Der Junge indes gab sein Geheimnis trotz der Drohung nicht preis, ihn nicht mehr allein aus dem Haus zu lassen, na und!, seine Platten in den Müll zu schmeißen, nur zu!, ihn auf ein Internat zu schicken, wehe!, und als sie's erfuhren, hatte ihn die Schönste schon wieder vor die Tür gesetzt und war sein Zustand so desolat: heulend, fiebrig, wie abwesend von der Welt, daß den Eltern nur Mitleid, Erbarmen und Bekümmernis blieb. Dabei waren noch gar nicht die Steine geflogen, damit er sich endgültig aus ihrer Gasse verzog. Auch wenn es anders sich besser in meine Geschichte fügte, weil es den Konflikt zwischen den Generationen verschärfte, der zu *Leila und Madschnun* wie zu allen klassischen Liebesdramen gehört, muß ich zugeben, daß die Eltern nicht sonderlich streng waren, gutgläubig noch dazu. Gegen alle Vernunft ließen sie vom Jungen ab, der nach der zweiten Nacht beteuerte, nie wieder außer Haus zu schlafen, und nach der dritten Nacht sich eine irre Ausrede einfallen ließ, um nicht das Taschengeld zu gefährden. Ich erinnere mich nur vage, was er den Eltern vorgaukelte, irgend etwas mit einem

Fahrradunfall und einem tiefen Graben oder Baustellenloch, in das er gefallen sei, Handys gab's ja noch nicht. Und als man ihn morgens endlich entdeckt habe, sei er direkt in die Schule geradelt, damit er nicht die Mathematikarbeit verpasse. Vielleicht war es auch eine Deutscharbeit oder wollte er von dem Retter freundlich im Auto gebracht worden sein; jedenfalls kann der Leser sich den Schwindel nicht abstrus genug vorstellen, den sich der Junge ausdachte, und ist es aus heutiger Sicht verrückt, wirklich unfaßbar, daß die Eltern ihm nach einigem Zögern Glauben schenkten oder so taten, als glaubten sie ihm. Ich meine, natürlich war es der Junge, der närrisch war, der Verliebte, nur trat er nach dem ersten Entzücken keineswegs mehr so auf, daß ihm die Narrheit sofort anzusehen gewesen wäre, im Gegenteil: Weil er bereits auf die vierte Nacht bei der Schönsten spekulierte, zog er alle mimischen Register, spielte mit seinem plötzlich wieder ganz kindlichen Charme und appellierte geistesgegenwärtig an die Fürsorge der Eltern, damit sie ihn zum Ausruhen schnellstmöglich in sein Zimmer schickten. Auch dies kennzeichnet die Verliebten, daß sie um des Geliebten willen alle äußeren Zeichen der Verliebtheit ablegen können: Einmal kam besagter Schibli zu besagtem Nuri und fand ihn so versunken vor, daß kein Haar sich an seinem Körper regte. »Von wem lerntest du, dich so gut zu beherrschen«, fragte Schibli. »Von einer Katze vor dem Mäuseloch, ob sie auch viel ruhiger war als ich«, antwortete Nuri. Hätte jemand, der nicht selbst Vater oder Mutter ist, die Szene in der Diele beobachtet – nicht den Jungen hätte er für verrückt erklärt, sondern die Eltern, die so durcheinander, auf ihre Weise selbst blind vor Liebe waren, daß sie ihm weiterhin Ausgang gewährten. Andererseits sah der Junge tatsächlich so abgerissen aus, als habe er die Nacht in einem tiefen Graben oder einem Baustellenloch verbracht.

– 87 –

Ihr Brief liegt auf meinem Schreibtisch. Der Umschlag ist tatsächlich gelb, blaß gelb, ihr Filzstift jedoch nicht braun, vielmehr schwarz, und sie hat ein Meer mit einem Segelboot auf den Umschlag gemalt, tief stehende Sonne, Wolken sowie einige Möwen. Wenn ihr Brief eine Abrechnung war, verstehe ich nicht, warum sie sich die Mühe machte, den Umschlag mit einer selbstgemalten Postkartenidylle zu verschönern. Ich zögere noch, den Brief hervorzuholen, zögere es jetzt schon seit Wochen, seit genau sechsundachtzig Tagen hinaus, weil ich Angst habe, daß er sich als genauso banal herausstellt wie das Tagebuch des Jungen, wohl nicht so pubertär in der Sakralisierung der eigenen Stimmung, aus dem Alter war sie vermutlich heraus, gleichwohl auf andere Weise lachhaft, sehr belehrend, nehme ich an, mit ihren neunzehn Jahren bereits zu tiefen Einsichten über das Leben gekommen, die sie dem Jungen mit dem melancholischen Weitblick der Erfahrungsgesättigten unter die Nase rieb. Gerade in diesem Augenblick bin ich noch aus anderen Gründen verwirrt, spüre physisch eine Bangigkeit ums Herz, nachdem ich auf der Suche nach dem Schlußwort der Schönsten auf so viele andere Briefe stieß, die ich nach zwanzig oder dreißig Jahren zum ersten Mal wieder aus dem Umschlag geholt. Wahre Freundschaften, die sich mir nichts, dir nichts in

Luft auflöst, leidenschaftliche Lieben, die sich womöglich nicht einmal mehr an meinen Namen erinnern, Sensationen von Glück und Verzweiflung, die ich nur deshalb als meine eigenen identifiziere, weil es schwarz auf weiß oder in meiner Generation meist auf dem Grau früheren Umweltschutzpapiers steht. Der Gedanke macht mich zittern, daß all diese Menschen, auch die Freunde, meine ich, nicht nur die Mädchen und jungen Frauen, alle ungefähr in meinem Alter, an diesem oder jenem Ort ebenfalls in den üblichen Bahnen heutigen Lebens fortfahren und sich also ein Netz von Menschen, von Gleichaltrigen über die Erde spannt, mit denen ich eigentlich verbunden sein müßte, weil die Freundschaft oder Liebe doch einmal unverbrüchlich war. Daß die Geschichten, und wenn sie nicht gestorben sind, weitergehen müßten. Einige der Mädchen oder jungen Frauen, deren Briefe ich las, waren nichts Geringeres als Offenbarungen für mich – das ist religionswissenschaftlich gesichert! Jetzt las ich ihre Briefe wie Zeugnisse untergegangener Religionen. Für so groß ich die Liebe des Jungen auch weiterhin halte – nicht anders als Religionen ist sie dadurch schon relativiert, daß sie nicht die einzige blieb, ich wahrscheinlich tiefer, jedenfalls über einen sehr viel längeren Zeitraum hinweg lieben, heftiger kämpfen, mehr verlieren und mindestens körperlich die Verzückung umfassender erleben sollte als er. Auch die Mutter meines Sohnes kenne ich noch aus dem Zeitalter, als Liebende sich wöchentlich zehn-, fünfzehnseitige Briefe schickten – und wie sehr überraschte mich die Entdeckung, daß meine eigene Frau einmal verliebt war in mich. Wie viele Kriege müssen wir geführt, Glaubenskriege in gewisser Weise, daß ich die Erinnerung daran vollständig verlieren konnte? Unmöglich war es, den Ton, den sie vor über fünfzehn Jahren anschlug, mit der Stimme in Verbindung zu bringen, die ich zwei-, dreimal im Monat am Telefon höre, wenn wir uns über die Betreuung des Sohnes verständigen, reibungslos inzwischen auch über seine Erziehung. Wenn ich die zerklüftete Landschaft aus grauem Umweltschutzpapier vor mir sehe, die sich über den gesamten Teppich aus dem Land meiner Lieblingslektüren erstreckt, kommt es mir vor, als blickte ich von oben, vom Himmel aus auf mein eigenes Leben, darin alle Menschen klein, aber auch so beflissen wie Ameisen sind. Dabei ist meine Generation der heute Vierzig- oder Fünfzigjährigen vermutlich die letzte in Westdeutschland und über Westdeutschland hinaus, die sich über ihre gesamte Jugend hinweg Briefe schrieb und also etwas Materielles hinterließ, das man Jahrzehnte später in alten Truhen wiederfinden und auf Teppichen ausbreiten kann. Im Unterschied zu den Generationen vor uns ist es allerdings ausschließlich die Jugend, die noch aufgezeichnet ist, als erlebten Erwachsene ohnehin nichts, keine Freundschaften, keine Lieben, keine Sensationen von Glück und Verzweiflung, was Anlaß zu zehn- oder fünfzehnseitigen Briefen gäbe. Und das stimmt ja vielleicht auch.

– 88 –

So oberflächlich die Liebe des Jungen jedem Außenstehenden vorkommen muß, so kurz sie währte, so verhalten eigentlich gekämpft wurde – sie meldete sich ja einfach nicht, und seine Versuche, sie wiederzugewinnen, beschränkten sich nach einem einzigen Nachmittag unter ihrem Fenster darauf, in den Kneipen nach ihr Ausschau zu halten, als die Schönste längst in die Großstadt gezogen war –, sowenig im Vergleich zu einer Familie auf dem Spiel stand, die er ruinieren sollte, so armselig zumal seine sexuelle Ekstase anmutet, um von ihrer gar nicht erst zu sprechen, bleibt es dennoch bei meinem Diktum: Größer hat er nie wieder geliebt. Ich weiß nicht mehr, an welchem Tag es war, als die beiden wie alle Tage auf dem Bahnhofsvorplatz Eis aßen, der mit einem Brunnen der grauen Zweckmäßigkeit der Häuser ringsum trotzte. Es gab auch einige Bäume, und zwei, drei Meter entfernt spielten Erwachsene mit kniehohen Figuren Schach. Ohne Ankündigung, ohne Nachdenken beugte sich der Junge zu der Schönsten, um das Eis abzuschlecken, das zweifarbig ihre Ober- und ihre Unterlippen bedeckte. Obwohl seine Augen geschlossen waren, sah er, sah es mit dem Herzen, daß ihr die Berührung der Münder gefiel, die mit dem Geschmack von Erdbeere und Vanille versüßt war. Von außen betrachtet, von den Schachfeldern etwa und gar erst von der Straße, auf der sich die Autos wie jeden Nachmittag stauten, als hätten sie sich zu einer Demonstration für den Bau der Stadtautobahn versammelt, von jedem anderen Punkt der Erde waren es nicht mehr als zwei etwas kurios gekleidete Jugendliche, die sich auf einer gewöhnlichen Parkbank küßten. Was einzig den Kuß ein wenig von den Hunderten, Tausenden Küssen unterschied, die sich Liebende selbst in ihrer streng protestantischen Stadt alle Tage gaben, war außer der Zahnlücke, die jeden ihrer Küsse besonders machte, zweifarbig das Eis, mehr nicht. Die beiden aber, die beiden Liebenden schmeckten in der Erdbeere und der Vanille alle Süße, die Gott seinen Geschöpfen verspricht. Und nicht nur fühlte sich die Parkbank an, als wäre alles ringsherum nur geschaffen, damit sie jetzt hier saßen – in dem Augenblick bildeten sie wirklich den Mittelpunkt des Universums, wenn es stimmt, daß das Universum den Liebenden verpflichtet ist, wie die Sufis sagen, nicht die Liebenden dem Universum. »Eine Weile umkreiste ich das Haus Gottes«, formuliert Bayazid Bestami den Gedanken: »Als ich bei Gott ankam, merkte ich, daß das Haus mich umkreist hatte.« So wie für Kinder, die sich in einem Spiel verlieren oder sich weh getan haben, nichts anderes existiert als das Spiel oder ihr Schmerz, kosteten die beiden jede Pore des Eises aus. Aber anders als Kinder hatten sie zugleich ein Bewußtsein dessen, was ist, vergaßen sie sich nicht, sondern nahmen alles, die Schachspieler, den Brunnen, die Motorengeräusche, nahmen alle Erscheinungen wahr, ohne ihnen Bedeutung schenken zu müssen. Dem Sinn nach heißt es in der Mystik ebenfalls, in aller Mystik, daß wir vom Baum der Erkenntnis essen müssen, um in den Stand der Unschuld zurückzufallen. Reines Erleben und absolutes Bewußtsein verbinden sich jedoch nicht erst in den Erleuchteten oder den kurzen Momenten profaner Erleuchtung. In der ersten, der jugendlichen Verliebtheit werden wir nicht zu Kindern, sondern sind es noch halb, und schmecken doch schon zwei Sorten der Erkenntnis.

– 89 –

Gott ist der Liebende, der durch die Bejahung ausgelöscht wird«, möchte ich auf die Gefahr hin schon wieder Ibn Arabi zitieren (und am liebsten wieder und wieder!), daß der Leser endgültig die Geduld mit meiner Geschichte verliert, die von zwei Jugendlichen in einer westdeutschen Kleinstadt Anfang der achtziger Jahre handeln sollte: »Die essentielle Wirklichkeit kann sich nur dank der Handlung des Dieners ereignen, also handelt es sich um eine Auslöschung Gottes. Das verstandesmäßige Argument kann ebenso wie die intuitive Erkenntnis lediglich zum Dasein Gottes gelangen, nicht zum Dasein des Dieners und auch nicht der geschaffenen Welt. Hingegen in der Schau ist die Bejahung Gottes zugleich Seine Auslöschung in der Welt der Erscheinungen.« Mir ist klar, daß die Stelle am schwersten zu verstehen ist für den, der an Gott glaubt und der nicht an Gott glaubt. Ich bitte den Leser, sie dennoch zu beachten, sie nötigenfalls wieder und wieder zu studieren oder am hundertsten Tag noch einmal sich vorzunehmen. Denn sie enthält den Kern meiner und auch deiner Geschichte, wann und wo immer du jemals groß geliebt, nur daß Gott in Wirklichkeit leicht enttäuschende Namen trägt. Und nur wenige wissen, wozu die Entdeckung gut ist.

Wie ein Buchhalter Einnahmen und Ausgaben, sortiert die Erinnerung Vereinigung und Trennung, mehr noch: Der Buchhalter, der meine Erinnerung ist, läßt gegen alle Erfahrung Vereinigung und Trennung aufeinanderfolgen, als könne irgendein Geschäft der Welt existieren, das nach kurzem Gewinn nur noch Verluste anhäuft. Nein, die Liebe ist noch ruinöser, insofern sie schon dem Glück so viel Schmerz beimischt, daß kein Buchhalter es als Einnahme verbuchte. Die Eifersucht erwähnte ich bereits, die nicht erst einsetzte, als er tatsächlich Grund zur Befürchtung hatte, daß ein anderer die Nacht im Matratzenlager der Schönsten verbrächte. Bevor ich mit der Verzweiflung überhaupt beginne, müßt ich mindestens von der Unruhe noch erzählen, der nach jeder Begegnung wiederkehrenden Unsicherheit, ob er sich ihre Liebe vielleicht nur einbilde, von Appetitlosigkeit, von Schwächeanfällen, von geistiger Verwirrtheit in der Schule und Anflügen regelrechter Panik. »Alle Glieder und alle Organe des Liebenden verraten Krankheit und Schlaflosigkeit«, weiß Ibn Arabi: »Wenn er spricht, so tut er es ohne Verstand. Weder Geduld bringt er auf, noch ist ihm Festigkeit zu eigen. Beständig fallen Sorgen über ihn her, und die Augenblikke der Trauer werden immer häufiger.« Das Tagebuch des Jungen mag nicht zu meinen Lieblingslektüren gehören, aber um die zeitliche Abfolge zu rekonstruieren, hilft es doch, und da lese ich zwischen der zweiten und der dritten Nacht, die er im besetzten Haus verbrachte, daß der Deutschlehrer vormittags einen Mitschüler beauftragte, den Jungen in den Sanitätsraum zu führen. Wenngleich das Tagebuch keine Details verrät, weiß ich noch, daß es dem Jungen im Unterricht nicht gelungen war, auf eine Frage des Lehrers einen zusammenhängenden Satz zu bilden. Ich will gleich von einem »vertrockneten Schlauch« sprechen; aber kreidebleich, mit glasigen Augen, sah er allemal wie jemand aus, »der nicht von dieser Welt ist«, so daß der andere Lehrer, der in den Sanitätsraum kam, um nach ihm zu schauen, als erstes fragte, ob der Junge Drogen genommen habe, aber er hatte keine Drogen genommen, das weiß ich genau, darauf hatten die Hausbesetzer geachtet, daß er keine Drogen nimmt, außer mal am Joint zu paffen, dessen Wirkung noch dazu behauptet war. Ich erinnere mich außerdem, wie der Junge auf der grünen Liege des kleinen, fensterlosen Sanitätsraums lag, die Rückenlehne etwas erhöht, der Atem unruhig, neben ihm der Mitschüler, besagter Sitznachbar, und sie auf den anderen Lehrer warteten, der wahrscheinlich als Sanitäter ausgebildet war. Ich kann mich an den Lehrer erinnern, den der Junge bis dahin nur als Aufsichtsperson vom Schulhof kannte, keiner der Strengen, und daß der Lehrer ihm den Puls fühlte und die Hand auf seine Stirn legte. Der Lehrer sagte nach der Untersuchung, er müsse in den Unterricht zurück, der Junge solle noch ein wenig liegenbleiben, und wenn es ihm dann bessergehe, mit dem Sitznachbarn in den Unterricht zurückkehren, oder wenn nicht, den Sitznachbar ins Sekretariat schicken, damit die Sekretärin die Mutter des Jungen bitte, ihn abzuholen. Bis ich gestern die Stelle im Tagebuch las, war ich sicher, daß solche Symptome offenkundiger Krankheit erst auftraten, nachdem ihn die Schönste verlassen hatte. Der Lehrer hielt seinen Zustand wohl nicht für besorgniserregend, sprach von gesunder Ernährung, Eisenmangel und ausreichend Schlaf. Auch Ibn Arabi erklärt die Schwachheit, die den Liebenden überfällt, konkret mit »dem Verzicht des Liebenden auf wohlschmeckende und appetitanregende, auf cremige und saftige Speisen, die eine Wonne für die Seele sind und dem Körper den Glanz der Gesundheit und des Wohlbefindens verleihen«. Allerdings führt er für den Nahrungsverzicht Gründe an, auf die kein Sanitäter käme: »Die Liebenden haben nämlich bemerkt, daß die Verdauungssäfte Dämpfe erzeugen, die ins Gehirn aufsteigen und die Sinne abstumpfen lassen. Dann bemächtigt sich ihrer der Schlaf, um sie daran zu hindern, sich vor ihrem [ihrer] Geliebten aufrecht zu halten und mit ihm innige Zwiesprache zu halten. Überdies werden von jenen Dämpfen in ihren Körpern Energien freigesetzt, die abirrende Bewegungen auslösen und den Samen anregen, dessen willkürlichen Erguß die [der] Geliebte mißbilligt. Dies alles führt dazu, daß sie Speisen und Getränke verschmähen, die nicht unbedingt notwendig sind. Deswegen werden die Säfte, die der Körper absondert, schließlich eintrocknen, und wirklich macht dieser Entzug den Glanz von Gesundheit und Wohlergehen schwinden, läßt die Lippen der Liebenden welken und ihr Gewebe erschlaffen.« Der Junge und sein Sitznachbar blieben also im Sanitätsraum zurück und schwiegen eine Weile. Schließlich fragte der Sitznachbar den Jungen, der vielleicht wieder etwas Farbe im Gesicht hatte, ob er wieder okay sei. Ich weiß es nicht, antwortete der Junge.

– 91 –

Der Nachmittag, an dem sich die Schönste des Schulhofs nicht meldete, nicht zurückrief und auch nicht zu Hause war, als der Junge an ihrer Tür klingelte, kommt mir wie gestern vor, ja wie heute, wie jetzt, als drückte ich in ebendieser Minute, da ich in Wirklichkeit am Schreibtisch eines behaglichen Arbeitszimmers sitze, erst nacheinander, dann gleichzeitig auf alle vier namenlosen Klingeln. Aber was ist schon Wirklichkeit, um mit Ibn Arabi zu fragen, wo endet der Traum, wenn mir eine Situation, die ich vor dreißig Jahren erlebt, so viel anschaulicher ist als eine Gegenwart, die mit Rauhreif bedeckt scheint, alle Töne und Lichter wie gedämpft? Photographisch genau könnte ich jeden Quadratzentimeter des eisernen Klingelschilds beschreiben, die helleren Stellen dort, wo die Namensschilder entfernt worden waren, die Reste des Klebstoffs, wo Namen nur auf einem Streifen Papier oder Tesafilm gestanden hatten, vielleicht auch von Benachrichtigungen der Post, mit dunkelblauem Textmarker geschrieben die Bitte, nicht vor 13 Uhr zu klingeln, halb auf dem Eisen, halb auf dem noch graueren Putz der Aufkleber »Fuck the Army« mit dem Bild einer verzückten Schildkröte, die sich mit einem Militärhelm paart. Und doch ist die Szene, gleichzeitig, wie aus einer untergegangenen Welt, einem anderen Leben, insofern ich nur noch die Handlung kenne, aber den Jungen nicht mehr von innen zu beschreiben vermöchte, wann er sich welche Gedanken machte, wie er auf diese oder jene Ahnung verfiel, ob Hoffnung ihn antrieb oder die nackte Verzweiflung. Als sei ich ein anderer, stünde auf dem gegenüberliegenden Bürgersteig, sehe ich ihn nur von außen, sehe sein Rasen, sehe, wie er anfängt, Steinchen, die er einen ganzen Block entfernt von einem unbefestigten Stück Erde entlang der Gleise aufsammelt, erst gegen ihres, dann gegen alle anderen Fenster zu schmeißen, ohne daß jemand die Tür zu ihrem Matratzenlager öffnet. Woher wußte er überhaupt, daß alles zu Ende war, eine so große Liebe nach ein paar Tagen schon vorbei, nur weil die Schönste ein paar Stunden nichts von sich hören ließ? Ich nehme an, daß ihn das stumme Haus in Panik versetze, weil er nicht an die gleichzeitige Abwesenheit aller Bewohner glaubte, ich nehme an, daß er ein Komplott wähnte, die Hausbesetzer kichernd neben oder unter einem Fenster, die Schönste in ihrer Mitte so unnahbar für ihn wie je, allein – ich nehme es nur an, ich denke es mir, folgere aus den Umständen die plötzlich übermächtige Sorge, ihm widerfahre, was jenem Derwisch widerfuhr, dem vor Schreck das Brot aus der Hand fiel, als er eine wunderschöne Prinzessin erblickte, die ihm, so glaubte er, beim Vorbeireiten freundlich zulächelte, und der Derwisch, dem das holde Lachen nicht aus dem Sinn ging, weinte vor Verliebtheit und verbrachte sieben Jahre bei den Hunden auf der Straße, in der sie wohnte, bis die Diener merkten, wie es um ihn bestellt war, und ihn töten wollten, doch rief ihn die Prinzessin heimlich zu sich und warnte ihn, er solle schleunigst verschwinden, wenn ihm sein Leben lieb sei, worauf der Derwisch nur eine einzige Auskunft erbat: »Wenn ich jetzt umgebracht werden soll, warum hast du mich damals angelächelt?« »Ich habe dich nicht angelächelt«, antwortete die Prinzessin, »ich habe dich ausgelacht, weil du ein solcher Gimpel bist.« Wohlgemerkt denke ich mir die Geschichte des Derwischs nur als plausible Erklärung hinzu, um die Gefühlslage des Jungen zu beschreiben. In Wirklichkeit habe ich keine Ahnung, was in dem Jungen vorging. Das liegt nicht oder nur zu einem geringen Teil daran, daß die Erinnerung aussetzt. Ich glaube, er selbst hatte an dem Nachmittag und den darauffolgenden Tagen kein rechtes Bewußtsein, das eine Erinnerung überhaupt hätte entstehen lassen können, funktionierte nur noch mechanisch, sofern er das war und nicht der andere auf dem gegenüberliegenden Bürgersteig, in einer anderen Welt, einem unnütz werdenden Leben. »Gib mich mir nicht zurück«, flehte Halladsch und lachte erst wieder, als man ihn 934 in Bagdad ans Kreuz schlug.

– 92 –

Weil ich, wenn ich's länger noch hinausschöbe, von der Großen Liebe nicht einmal das unwirklichste Verhältnis träfe, muß ich endlich auch die Demütigungen andeuten, die kaum glaublichen, mir bis heute peinlichen und vor allem so quälend unnützen Selbsterniedrigungen, von denen der Junge, wenigstens hierin den Liebenden Ibn Arabis vergleichbar, keine einzige ausließ: »Die Liebe ringt einen nieder, bis man ohne Scham jeden Schleier hebt und jedes Geheimnis unter die Leute bringt. Die tiefen Seufzer, die sie hervorbringt, nehmen kein Ende, und die Tränen, die sie fließen läßt, können nicht versiegen.« Als er die Schönste am nächsten und übernächsten und ebenso am dritten Morgen vor der Schule abpaßte, ohne mehr als einen kargen, mit zusammengepreßten Lippen genickten Gruß zu empfangen, oder nicht einmal ein Nicken, eigentlich nur ein Zucken des Gesichts nach unten, bewegte sich der Junge noch in den Bahnen gewöhnlichen Liebeskummers, wie er ihm noch öfters widerfahren sollte. Befangener, verwirrter und schwachmütiger denn je, behauptete er sich in der Raucherecke zwischen den breiteren Rücken, obwohl sie die anderen Abiturienten um sich postierte, damit er sie gar nicht erst anzusprechen wage. Aber da sie auch am Telefon sich weiter verleugnen ließ und hinterm Bahnhof jeden Nachmittag ein anderer Hausbesetzer aus dem Fenster rief, daß die Schönste gerade nicht zu Hause sei, verlor er aus einem Anlaß, den ich nicht mehr zu rekonstruieren vermag, oder vielleicht ohne Anlaß die Beherrschung, stand mitten in der Biologiestunde auf, raste am Pult des verdutzten Lehrers vorbei, nahm im Treppenhaus trotz Birkenstock-Pantoffeln drei Stufen auf einmal und riß im Trakt der Oberstufe jede Tür auf, die sich ihm bot, um nachzusehen, ob dahinter sich die Schönste des Schulhofs vor ihm verberge. Spätestens jetzt müßten sich sämtliche Absolventen der Jahrgänge 83 bis 85 eines leicht zu identifizierenden Gymnasiums meiner Geburtsstadt, die diese Geschichte zufällig lesen, an den Jungen erinnern, der mit weitgeöffneten Augen, vermutlich heulend in ihren Unterricht platzte, seiner Kleidung und Frisur nach einer Vogelscheuche nicht unähnlich, wortlos nach etwas Bestimmtem Ausschau hielt und wieder zur Tür hinausstürmte. Nein, nicht alle Absolventen, denn hinter der was weiß ich wievielten, aber vermutlich nicht ausgerechnet letzten Tür des Trakts entdeckte er sie endlich, ihre Erscheinung vorm Fenster so strahlend, ihr Kopf durch einen Lichteinfall nicht nur in der Einbildung des Jungen mit so etwas wie einem Heiligenschein umgeben, entdeckte sie in der zweiten von vier Tischreihen, ihr Profil mit der kleinen Nase, die sich leicht aufwärts bog, unterm T-Shirt ihre Brüste zwei Hügel mit Türmchen auf den Gipfeln. Ihr Profil? Eben ihr Profil, nur ihr Profil, er schätzte die

Lage sofort richtig ein: Während alle anderen Abiturienten mitsamt dem Lehrer sich erschrocken dem Jungen zuwandten, blickte sie starr auf ihr Heft, und mit dem Stift, den sie zwischen zwei schmalen Fingern hielt wie damals am Fluß die Zigarette, mit dem Stift schrieb sie weiter, als sei drei Meter entfernt der Junge nicht vorhanden, als existierte er gar nicht, als sei er nur Luft. Dabei fühlte er selbst sich wie ein Stein an, ein Felsblock, so schwer und für den Augenblick unfähig zu einer weiteren Regung. Ich weiß nicht, was danach geschah, ob der Lehrer ihn ansprach oder jemand anders auf ihn zutrat, womöglich die Hand beruhigend auf seinen Unterarm legte; der Film hat hier wieder einen der üblichen Risse. Die Erinnerung setzt erst wieder ein, wo der Junge mit einem Satz auf das Pult springt, an der Kante allerdings aus einer der orthopädisch ausgewuchteten Sohlen rutscht und mit der Stirn auf die Tischplatte knallt. Ohne einen anderen Schmerz zu fühlen als den der Trennung, kletterte er auf das Pult zurück, barfüßig jetzt, und schrie so laut, daß es noch im Trakt der Unterstufe zu hören sein mußte: Ich liebe dich!, fügte auch ihren Namen hinzu, obwohl der nun wirklich nicht der schönste des Schulhofs war. Der Leser wird sich denken, wie die Schönste auf diesen Autodidakten von einem Casanova reagierte, der so hanswurstartig vorpreschte, und sich alles weitere ebenso ausmalen können, ihre Mitschüler, die ihn behutsam vom Pult hinabholten und auf Anweisung des Lehrers in den Sanitätsraum begleiteten, die Mutter, die benachrichtigt wurde, das Entsetzen in ihren Augen, seine niemals absurdere Frage, ob sie okay sei. Gott, mit welchem Schrecken ich mir den Sprung aufs Pult heute noch in Erinnerung rufe und wie unangenehm die ganze Aktion ihm den Rest seiner Schulzeit war. »Sein Geheimnis ist überall bekannt geworden, und da er sich nicht hat unauffällig benehmen können, steht er nun schmählich entblößt am Pranger.« Nach dem Mittagessen, das er nicht anrührte, büchste er dennoch durchs Fenster aus und verbrachte den Nachmittag auf dem Bürgersteig unter ihrem Fenster.

– 93 –

Über Schiblis Ausweglosigkeit erzählt man sich: Eines Tages vollzog er die rituelle Waschung. Als er zum Eingang der Moschee kam, rief in seinem Innersten eine Stimme: »Abu Bakr! Ist deine Reinheit so, daß du mit solcher Kühnheit unser Haus betreten willst?« Als er das hörte, kehrte er um. Die Stimme sagte: »Du kehrst dich ab von unserem Hof? Wohin willst du gehen?« Da stieß er einen Schrei aus. Die Stimme sagte: »Willst du uns schmähen?« Er blieb stumm stehen. Die Stimme sagte: »Tust du so, als könntest du unsere Heimsuchung ertragen?« Da schrie er so laut, daß ganz Bagdad es hörte: »Rette mich vor Dir!«

– 94 –

Der Junge, der die Schönste noch wenige Tage zuvor auch für die Barmherzigste gehalten, konnte sich die Kälte, den Zynismus, die Abgebrühtheit nicht erklären, daß sie weiter in ihrem Heft schrieb, während er seine Liebe buchstäblich mit Blut bezeugte (zugegeben war es nur eine Schramme, doch sie blutete einwandfrei). »In allen göttlichen Eigenschaften gibt es Barmherzigkeit, nur nicht in der Liebe«, hätte ihn Abu Bakr al-Wasiti aufklären können, der im Bagdad des frühen 10. Jahrhunderts weder gekreuzigt noch zu den Irren gesperrt wurde, sondern für einen Gottsucher ein erstaunlich ruhiges Leben führte: »In ihr gibt es überhaupt kein Erbarmen. Gott tötet und verlangt vom Getöteten das Lösegeld.« Das ist ein bemerkenswerter Gedanke, den der Junge freilich falsch, nämlich polytheistisch verstanden hätte, als gäbe es da viele Götter und zufällig nur seine, die Göttin der Liebe, sei die Grausame unter ihnen. Heute sehe ich, daß sie nicht aus Grausamkeit so tat, als sei drei Meter entfernt der Junge nicht vorhanden, als existiere er gar nicht, als sei er nur Luft. Durch nichts anderes als seine und wohl auch ihre Liebe war sie in eine Lage geraten, in der jede Handlung grausam wirken mußte. Da sie aus welchen Gründen auch immer – und er selbst wird schon selbst dazu beigetragen haben, wie der Mensch aus Sicht Gottes immer selbst schuld ist an seinem Schlamassel – da sie sich zur Trennung entschlossen hatte, konnte sie ihm schlecht um den Hals fallen, als er vom Pult stieg; selbst ihr Mitleid hätte sein Leiden nur verlängert, jegliche Zuwendung seine Zuversicht genährt. Wenn jemand Schuld auf sich lud, war es der Junge, der die Schönste des Schulhofs aus reiner Selbstsucht, Gedankenlosigkeit oder, wer weiß?, vielleicht sogar stillem Rachegelüst in eine Lage brachte, die bei Tageslicht betrachtet viel peinlicher, im Sinne moralischer Verantwortung auch heikler und – er minderjährig – womöglich sogar strafrechtlich relevant war. »Wisse: Der Liebende ist Feind, nicht Freund«, findet sich bei Ahmad Ghazali ein Gedanke, den der Junge erst viele Jahre später zu verstehen beginnen sollte, als er tiefer, jedenfalls über einen sehr viel längeren Zeitraum hinweg liebte, heftiger kämpfte, mehr verlor und mindestens körperlich die Verzückung umfassender erlebte: »Und ebenso ist der Geliebte Feind und nicht Freund, denn die Freundschaft ist daran gebunden, beider Spuren restlos auszulöschen. Solange Zweiheit besteht und jeder mit sich selbst beschäftigt ist, gilt die Feindschaft uneingeschränkt. Freundschaft existiert nur in der Einheit. Deshalb freunden sich der [die] Liebende und die [der] Geliebte nicht an; das gibt es nicht. Aller Streit, all die Qualen – am Ende rühren sie daher, daß es niemals Freundschaft zwischen ihnen geben kann. Bei Gott, eine merkwürdige Angelegenheit: in ihr stört deine bloße Existenz.« Wenn ihr etwas vorzuwerfen war, dann nicht die Härte, mit der sie sich trennte, vielmehr die Liebe selbst, die sie erwiderte, obwohl sie als Ältere mit ein wenig mehr Realitätssinn das Flüchtige ihrer Vereinigung hätte voraussehen können und damit den Schmerz, den sie dem Jungen zufügen würde. Obwohl, selbst dieser Vorwurf wäre ungerecht, nicht nur, weil sich dann niemand niemandem mehr hingeben dürfte, erst recht nicht Gott seinen Geschöpfen, der sich – Er liebt sie, und sie lieben Ihn – bei Tageslicht betrachtet viel radikaler verleugnet: »Zu lieben, ist ganz und gar ein Er-Sein [Sie-Sein], und geliebt zu werden, ist ganz und gar ein Du-Sein«, erklärt Ahmad Ghazali nämlich weiter; »denn du kannst dir nicht selber, kannst nur dem Geliebten gehören. Du bist der Liebende: Nie darfst du dir selber gehören und nie unter eigenem Befehl stehen.« Bei allem Realitätssinn unmöglich voraussehen konnte die Schönste, wenn selbst Gott trotz seiner Allwissenheit von seinen Geschöpfen bitter enttäuscht wurde, daß der Junge sich als ein solcher Gimpel erweisen würde: Hätte Hoffnung bestanden, machte er sie spätestens mit seinem Sprung auf das Pult zunichte. Wenigstens sprühte er gegen Abend kein Graffito an ihre Haustür, daß dahinter eine Männerfeindin wohne. *Der Tod des Märchenprinzen* gehörte allerdings auch ehrlich nicht zu seinen Lieblingslektüren.

– 95 –

Einmal kam einer der Hausbesetzer hinunter auf die Straße, um mit dem Jungen zu reden, der die Tür besetzt hielt. Die Schönste sei nicht da, weder in der Küche noch in ihrem Zimmer, log der Hausbesetzer, doch der Junge log überzeugender, sie am Fenster gesehen zu haben, und erklärte sich entschlossen, so lange zu harren, notfalls über Nacht oder die ganze Woche, bis er zu ihr vorgelassen würde. Daß er sich ihr dort zu Füßen werfen wollte, war keineswegs nur im übertragenen Sinne gemeint, wie der Hausbesetzer glaubte, vielmehr für den Jungen konkret mit der Frage verbunden, ob er sich sofort auf dem fleckigen Teppichboden ausstrecken oder besser erst die zwei Schritte zu ihrem Matratzenlager herübergehen solle, um für immer ihr zu gehören, für immer unter ihrem Befehl zu stehen. Du mußt sie dir aus dem Kopf schlagen, beteuerte der Hausbesetzer, der sich neben ihn auf die brusthohe Mauer geschwungen hatte, sie will nichts mehr von dir wissen, nein, eure Trennung mit Sicherheit nicht ausdiskutieren, aber der Junge schwärmte vom weichen Wasser, das den harten Stein breche, und belehrte den Hausbesetzer, daß Liebe grundsätzlich eine politische Dimension habe, auch und gerade wo sie sich zwischen zwei Menschen ereigne. Die Küchenrunde möge bitte helfen, ein Plenum einberufen oder in Einzelgesprächen auf die

Schönste einwirken, schließlich gehe es um mehr als nur um persönliche Gefühle, nämlich um die Verwirklichung einer Utopie, die modellhaft wirken könne. Er war überzeugt, sich vollkommen verständig anzuhören, brachte seine Argumente so differenziert wie in der Evangelischen Studentengemeinde vor, bekannte sich zu Fehlern, analysierte Mißverständnisse, verbuchte den Sprung aufs Lehrerpult als Tölpelei und räumte in ehrlich gemeinter Offenheit die Unterschiede, ja Gegensätze ein, die zwischen der Schönsten und ihm bestünden, nicht nur das Alter, noch gravierender die Unterschiede, ja Gegensätze ihrer Charaktere, sie – ja, auch das wieder –, sie die Realistin, er der Träumer, bei ihr die Ordnung, bei ihm das Chaos. Um so herrlicher sei doch das Wunder dieser Liebe, die alle Hindernisse überwinde, alle Widrigkeiten ertrage, alle Grenzen sprenge! Wahrscheinlich hätte der Junge außer der Küchenrunde noch die Friedensbewegung um Beistand gebeten, von so welthistorischer Bedeutung schien ihm die Versöhnung, wenn der Hausbesetzer nicht mit einem Ausruf von der Mauer gesprungen wäre, der mich seit dreißig Jahren Wort für Wort ernüchtert: Mann, bist du durchgeknallt. Laut der Bahnsteigdurchsage, die der Junge vor dem besetzten Haus erstmals wahrnahm, wurde es 17:32 Uhr. Bitte Vorsicht bei der Einfahrt.

– 96 –

Mein Sohn, der zum ersten Leser der *Großen Liebe* geworden ist, wirft mir vor, ich sei zu streng mit dem Jungen, vor allem auf den letzten Seiten. Er liest ja eigentlich nicht mehr, was neben den beschädigten Sekundärtugenden ein anderes, großes Thema zwischen uns ist, schämt sich geradezu, mit Büchern gesehen zu werden, so kommt es mir vor, nennt Literatur allen Ernstes behindert und konnte sich nicht einmal gegen die hart verhandelte Bezahlung durchringen, mehr als zehn Seiten eines beinah schon beliebigen Romans zu lesen. Ich kann nur raten, was in seiner Jugend die Zeit, das Gewicht, den unmittelbaren Einfluß von Lieblingslektüren einnimmt, denn Film und Fernsehen interessieren ihn auch nicht, tippt etwas in seinen Rechner, das vom Bildschirm sofort verschwindet, sobald ich ihn selten genug in seinem Zimmer antreffe. Ich frage mich, woher er, woher seine und alle nachfolgenden Generationen die Stereotype nehmen, die über welche Vermittlungsstufen hinweg auch immer seit fünftausend Jahren auf die jugendliche Verliebtheit wirken. Und was tritt an die Stelle jener Fernsehfilme (und Romane, Blockbuster et cetera), die wir als trivial wahrnehmen, weil sie eine Grunderfahrung industriell kopieren, wenn Jugendliche das Spezifische dieser Erfahrung gar nicht oder ganz anders erleben?

Heute morgen indes nuschelte mein Sohn mit vollem Mund beim Müsli, daß er in dem Manuskript geblättert habe, das ich zugegeben sehr absichtsvoll im Wohnzimmer abgelegt, und den Jungen zwar etwas übertrieben, aber eigentlich übelst korrekt finde. Sähe man von den Birkenstock-Pantoffeln ab, seien selbst die Klamotten kraß, die Latzhose und die drei Baumwollpullover, der längste zuunterst und der kürzeste zwingend zuoberst, voll der Hippie eben. Und Hendrix-Locken seien sowieso extremst geil. Du kennst Hendrix? Klar, und die Flamme da von seinem Schulhof, er bezweifle, daß sie trotz Zahnlücke wirklich so schön war, aber extremst nett stelle er sie sich schon vor, wie sorgsam sie mit dem Jungen gewesen sei, irgendwie auch großzügig, und sich nicht um die Meinung der anderen geschert habe. Gab's die in echt? Ja, die Flamme gab's in echt, versäumte ich die Ausdrucksweise meines Sohnes zu korrigieren, versäumte ebenso die Ermahnung, nicht mit vollem Mund zu reden, und verwickelte ihn statt dessen in ein so langes Gespräch, daß er unmöglich pünktlich in der Schule sein konnte. Er ist verliebt! denke ich mit immer noch pochendem Herzen, er ist verliebt!, weil ich anders mir nicht erklären kann, daß er ausgerechnet von der *Großen Liebe* alle Seiten las, ohne die Bezahlung auch nur zu erwähnen.

– 97 –

Ein Derwisch fragte Madschnun, wie alt er sei. »Neunhundertfünfundfünfzig Jahre«, antwortete Madschnun. »Was sagst du da? Bist du toll geworden?« rief der Derwisch. Madschnun antwortete: »Die hohe Zeit, als Leila mir einen Augenblick ihr Antlitz zeigte, das sind tausend Jahre, und mein natürliches Lebensalter, als reiner Verlust zu rechnen, beträgt fünfundvierzig Jahre.«

– 98 –

Und dann ist er einfach gegangen. Ich kann wieder nur raten, was in ihn gefahren war, höre die fahrplanmäßige Abfahrtszeit des nächsten Zuges, 18:19 Uhr, nicht einmal eine Stunde also verstrichen, seit er die Versöhnung mit der Schönsten zur welthistorischen Aufgabe erklärt, sprang von der Mauer, trat erst zur Tür, drückte zum weiß nicht wievielten Mal auf alle vier namenlosen Klingeln, wartete nochmals, ob jetzt einer ihm öffne, blickte wieder hinauf zu den Fenstern, drehte sich um, wollte sich, glaube ich, zurück auf die Mauer schwingen und trat dennoch auf den Bürgersteig. Vielleicht nur aus Hunger und Durst, vielleicht für eine Notdurft, die nicht länger aufzuschieben war, oder sich seiner Eltern erbarmend, die vor Sorge verrückt würden, aus Resignation oder noch in der Illusion, mit frischen Kräften oder sogar mit Proviant ihre Tür morgen wieder zu besetzen, wandte er sich in Richtung des Bahnhofs, blickte, während er den Block zu den Gleisen entlanglief, noch mehrfach zurück, ob sie ihn nicht vom Fenster aus zurückriefe, und blieb erst an der Fußgängerunterführung stehen. Nach ein, zwei Minuten stieg er die Treppen hinab und ging, vorm Bahnhof wieder ans Tageslicht getreten, geradewegs nach Hause. Mein Sohn hat schon recht, dem ich gestern abend bereits das Ende erzählte, mit dem die Trennung, die Sehnsucht und das

Verkümmern erst richtig begann, er hat recht, daß von allen Narrheiten des Jungen die größte war, nicht so lange geharrt zu haben, notfalls über Nacht oder die ganze Woche, bis er zur Schönsten vorgelassen würde. Irgendwann hätte sie doch auch vor die Tür kommen müssen, am nächsten Morgen etwa, um zur Schule zu gehen. Stell dir vor, sagte mein Sohn, du hättest noch immer auf der Mauer gesessen.

– 99 –

Bleibt der Brief, den ich nach dreißig Jahren wieder lesen sollte, vor mir auf dem Schreibtisch der gelbe Umschlag bereits geöffnet, darauf das Meer und die tief stehende Sonne, die Wolken sowie einige Möwen. Als wolle mir der Weltgeist unter die Nase reiben, daß mit dem Kampf gegen die atomare Aufrüstung auch die Große Liebe einer anderen Epoche, einem fremden Leben angehört, kennt das wiedervereinte Deutschland weder die Bundespost noch die Währung, die auf der Briefmarke stehen, ebensowenig die vierstelligen Postleitzahlen auf dem Stempel und in der Adresse, als Absender nur ihr Vorname, den auch kein Mädchen mehr trägt. Selbst die Schreibschrift wird in keiner Schule noch so gelehrt, ein heute Fünfzehnjähriger könnte die gleichförmigen Kuppeln, die sich zu einem Wandelgang verbinden, vermutlich nicht einmal entziffern.

– 100 –

Man fragte Bayazid Bestami, den berühmten Erleuchteten des 9. Jahrhunderts, was das Wunderbarste an jenem Meer sei. Bayazid antwortete: »Das Wunderbarste ist nach meiner Meinung, daß aus dem Meere überhaupt jemand wieder zum Vorschein kommt.«

Die Zitate sind folgenden Büchern entnommen:

Faridoddin Attar (Farid od-din-e ᶜAṭṭār), *Taẕkerat ol-ouliyā'*, Hg. Parwīn-e Qā'emi, Teheran 1381/2002; Auszug: *Muslim Saints and Mystics*, Üb. A.J. Arberry, London 1966.

Bahā-e Walad (Bahā' od-din Moḥammad ebn-e Ḥoseyn-e H̱aṭibi-ye Balẖ), *Maᶜāref*, 2 Bde., Hg. Badiᶜ oz-zamān-e Foruzānfar, Teheran 1352/1973.

Ahmad Ghazali (Aḥmad-e Ġazāli), *Sawāneḥ*, Hg. Qāsem-e Kaškuli, [2]Teheran 1391/2012; *Gedanken über die Liebe*; Üb. Gisela Wendt, [3]Amsterdam & Bonn 1989.

Richard Gramlich, *Islamische Mystik. Sufische Texte aus zehn Jahrhunderten*, Stuttgart, Berlin & Köln, 1992.

Ders. *Alte Vorbilder des Sufitums*, 2 Bde. Wiesbaden 1995 & 1996.

Ders. *Der eine Gott. Grundzüge der Mystik des islamischen Monotheismus*, Wiesbaden 1998.

Aldous Huxley, *Die Pforten der Wahrnehmung. Himmel und Hölle. Erfahrungen mit Drogen*, Üb. Herberth E. Herlitschka, [31]München 2012.

Muhyiddin Ibn Arabi (Muḥyī d-dīn Ibn ᶜArabī), *Al-Futūḥāt al-makkīya*, 9 Bde., Hg. Nawāf al-Ǧarrāḥ, Beirut o.D. (Dār ṣādir); Auszug: *Abhandlung über die Liebe*, Üb. Maurice Gloton & Wolfgang Herrmann, Zürich 2009.

Ders., *Fuṣūṣ al-ḥikam*, Hg. Abu l-Aᶜlā ᶜAfifi, Teheran 1370/1991; Auszug: *Die Weisheit der Propheten*; Üb. Titus Burckhardt & Wolfgang Herrmann, Zürich 2005.

Fachroddin Eraqi (Faẖro d-din-e ᶜErāqi), *Kolliyāt*, Hg. Saᶜid Nafisi, [4]Teheran 1341/1962; Auszug: *Divine Flashes*, Üb. William Chittic & Peter Lamborn Wilson, Mahwah, New Jersey 1982.

Navid Kermani, *Der Schrecken Gottes. Attar, Hiob und die metaphysische Revolte*, München 2005.

Fritz Meier, *Bahā-i Walad. Grundzüge seines Lebens und seiner Mystik*, Leiden 1989.

Hellmut Ritter, *Das Meer der Seele. Mensch, Welt und Gott in den Geschichten des Farīduddīn ᶜAṭṭār*, Leiden 1955.

R.C. Zaehner, *Mystik religiös und profan. Eine Untersuchung über verschiedene Arten von außernatürlicher Erfahrung*, Üb. G.H. Müller, Stuttgart o.D.

Die Übersetzungen weichen teilweise von den deutschen oder englischen Ausgaben ab.